Pultti ja Pöltsi

HUMPUKAN PERUNAMUUSI

Risto Rantanen

Pultti ja Pöltsi

HUMPUKAN PERUNAMUUSI

Nuorisodekkari

Kannen suunnittelu: Risto Rantanen
Sisuksen taitto: Risto Rantanen

Kustantaja: BoD – Books on Demand, Helsinki, Suomi
Valmistaja: BoD – Books on Demand, Norderstedt, Saksa

ISBN: 978-952-80-5109-1

Sisällys

ESIPUHE

Arvoisa lukija!

Tämä on järjestyksessään toinen "Pultti ja Pöltsi" -kirjani.

Ensimmäisen kirjan jälkeen ajattelin, etten kirjoittaisi toista kirjaa, jos ensimmäisen kirjan vastaanotto ei ole miellyttävä. Silti kirjoitin. Kirjoittamiseen vaikutti ensisijaisesti kaksi tekijää. Ensiksi se, etten osannut jarruttaa oikeassa kohdassa. Pistettä ei viimeisen lauseen perään löytynyt. Kirjoittaminen taukosi vasta, kun tätä kirjaa oli syntynyt jo kolmannes. Ja eihän kolmasosakirjassa olisi mitään järkeä. Ja toiseksi se, että korviini ei ensimmäisestä kirjastani kantautunut ainuttakaan negatiivista arvostelua. Suurena osasyynä siihen voidaan pitää rajallista lukijakuntaa; kukaan ei kirjaani lukenut. Mutta ei se mitään, sellainen pieni yksityiskohta ei riitä minua masentamaan.

Tässä tämä nyt kuitenkin on. Tällä kertaa päätin pitäytyä niinkin arkisessa teemassa kuin perunamuusi. Se on kaikkien huulilla ainakin joskus ja se on helposti samaistuttavissa. Perunamuusin ympärille piti keksiä myös tolkullinen tarina. Juonen täydelliseen puuttumiseen havahduin siinä vaiheessa, kun tuo mainittu kolmannes kirjasta oli jo näpeissä, kirjoitettuna vanhalla vauhdilla jarrut hukassa ja ilman ajatusta. Siinä vaiheessa luomisprosessia ymmärsin mielikuvituskirjailijan toimen vaativuuden. Kirjoittamisen ohella pitää toisinaan jarruttaa ja pysähtyä miettimään juonen etenemistä.

Jotkut kirjailijat etenevät järjestelmällisesti juonen hahmotuksesta loppuhuipennukseen. Minäkin etenen loppuun, mutta en ole laskelmoiva ja analyysikirjoittaja vaan olen sen sijaan elämäntapakirjoittelija. Ei elämäkään etene ennalta laaditun käsikirjoituksen mukaan, joten en minäkään. Tosielämässä ei koskaan ennalta tiedä, mikä kulman takana odottaa. Sillä asenteella kirjankin juonen kiemuroihin syntyy tiettyä yllätyksellisyyttä.

Toivottavasti kuitenkin viihdytte tämän elämänmakuisen perunamuusin parissa edes sen tovin, jonka tämän lukeminen kestää! Enempää en voi teiltä vaatia.

Varoitus:

Älkää napostelko kirjassa mainittuja sieniä! Ne ovat myrkyllisiä! Luonnon yrttejä syömällä sen sijaan pysytte hengissä seuraavaan kirjaani asti.

Nousiaisissa 07.11.2021

Risto Rantanen

1. KOITTAA SE KESÄ
BETONIPAALUILLEKIN

Numero neljä on numero tässä matemaatikoiden laatimassa kymmenjärjestelmässä siinä missä muutkin numerot. Se ei ole lainkaan väheksyttävämpi kuin numerot yhdestä kolmeen, tai merkittävämpi kuin esimerkiksi numero kahdeksan. Numerona neloseen pitää suhtautua seesteisellä tyyneydellä, eikä sen pidä antaa nostattaa ylitsepursuavia tunnekuohuja. Paitsi että sellaiset ovat hyödyttömiä, ne myös kylvävät ihmisten keskuuteen mielipahaa, saavat aikaan epäsosiaalista eriytyneisyyttä ja suorastaan välirikkoja. Ainakin väliaikaisesti. Etenkin siinä tapauksessa, kun tuo numero esiintyy jälkeläisen kotiinsa kiikuttamassa kevättodistuksessa.

Pultti ei osannut syyllistää itseään siitä, että hänen liikunnan opettajansa oli limaisen fletku niljake, kuin kastemato, joka osasi vaivatta vääntää ja kieputtaa itsensä rekkitangon tai nojapuiden ympäri sekä vasta- että myötäpäivään, ja odotti samaa myös oppilailtaan. Eikä Pultti osannut syyllistää itseään siitäkään, että hän oli opettajansa täydellinen vastakohta. Sellaiseksi luoja oli hänet luonut. Pultti oli luokkansa liikuntatuntien järkähtämätön betonipaalu. Olihan hänelläkin toki omat vahvuutensa. Hän olisi ollut mukavuusalueellaan lajeissa, joissa vaaditaan järkähtämätöntä lujuutta, mutta telinevoimisteluun hurahtanut kastemato Isakson ei liikuntatunneillaan suosinut sellaisia lajeja. Moukarinheittoa tai kuulantyöntöä oli ohjelmassa harvoin, jos koskaan, mutta telinevoimistelua sitäkin useammin.

Tässä tilanteessa, kun voikukat kukkivat keltaisenaan pitkin ojanvarsia ja puutarhoja ja leivoset olivat saapuneet livertämään peltojen ylle, Pulttia miellytti ajatus kastematojen pujottamisesta ongenkoukkuun. Tässä tilanteessa, kun västäräkitkin olivat jo tovin olleet puuhissaan pyrstöjään keikutellen, ja omenapuutkin olivat Humpulan seudulla kukassaan, oli kevätvirret kouluissa laulettu ja todistukset lykätty oppivelvollisten malttamattomiin kesälomaa odottaviin kouriin. Tässä tilanteessa Pultti oli tyytyväinen, että kykeni asiantilan matemaattis-analyyttiseen lähestymistapaan huolimatta todistukseensa kirjatusta mainitusta numerosta, kuin myös erityisesti siitä, että tämä pää alaspäin nikkaroitua tuolia muistuttava merkintä oli kuitenkin osunut vain liikunnan saralle, joka laskettiin taitolajiksi, ja josta ei jäykimmälläkään varrella siunattua oppilasta uhattu ehtolais-kuulustelulla.

Etsiväkaverukset olivat samassa koulussa ja samalla luokalla, ja vastaanottaneet todistuksensa ja siitä seuraavan hetkellisen vapautensa samaan aikaan. Vaikka kyseisen sertifikaatin rivien välistä oli aistittavissa tiettyjen opettajien subjektiivisetkin näkökannat, molemmat pitivät niitä kuitenkin vain pikantteina lisämausteina ja hyväksyivät kohtalonsa ja saamansa synnin-päästön tyytyväisinä siitä, että kaikki lukuaineiden arvosanat olivat yli neljän, joten opiskelujen saralla ei ollut tiedossa kesätöitä. Opettaja oli toivottanut koko luokalle hyvää kesää, tosin omahyväisesti samassa hengenvedossaan muistuttaen, että pian on taas syksy ja päästäisiin taas tositoimiin, ja näillä saatesanoilla kehottanut käyttämään kesäajan viisaasti.

Pultti ja Pöltsi miettivät, miten kesän voisi käyttää mahdollisimman viisaasti. He olivat odottaneet tätä hetkeä; sitä että pääsisivät eroon aikaisista heräämisistä kouluaamuina, sitä ettei tarvitsisi kokea piinallisia hetkiä opettajien haukansilmien alla, jos kotitehtävät olivat hyvästäkin syystä jääneet tekemättä, tai esitetty kysymys oli liian hankala vastattavaksi, sitä että he saisivat tehdä mitä itse haluavat, silloin kun haluavat, mutta nyt kun se hetki vihdoinkin koitti, maailma ja lähitulevaisuus tuntuivatkin tyhjältä.

Yhtäkkiä ei ollutkaan mitään tekemistä. Kesälaitumille kirmaaminen tuntui fraasilta, joka ei lainkaan vastannut todellisuutta.

Pienet kesätyötulot olisivat mukavia. Tietysti isotkin tulot olisivat mukavia, mutta pienet tulot tuntuivat realistisemmalta vaihtoehdolta. Edellinen kesä oli opettanut heille, että kaupungilla ei ollut päätoimista puutarhuria hoitamaan yleisiä puistoalueita, ja eläkkeelle jäänyt puutarhuri teki hommaa puhdetöinään. Mahtaisiko siinä avautua kesätyö, leikellä nurmikoita ja nyppiä kaupungin puistojen pensaita? Kumpaakaan ei kuitenkaan huvittanut lähteä kyselemään asian perään, eikä kaupunginkaan puolelta ollut puistotyöntekijää haettu. Ei ainakaan paikallisessa sanomalehdessä.

Molemmat tallustelivat hiljakseen kotia kohti, kiirettä ei tuntunut olevan, kesälaitumilla kirmailu tuntui etäiseltä ajatukselta.

- Mitä tehtäisiin? kysyi Pöltsi, koska hänestä tuntui, että se kysymys vain piti nyt lausua ääneen.
- Hetikö minun pitäisi se tietää? heitti Pultti vastakysymyksen. – Kesälomaa on kulunut vasta viisi minuuttia, ei minullakaan kaikki ole vielä kypsäksi mietitty.
- Mennäänkö kioskille jututtamaan Mirkkua? Kysytään mitä kuuluu, ja ryhdytään tutkimaan sitä mitä hän sitten sanoo?
- Ei.

- Vai mennäänkö moikkaamaan vartiointiliikkeen Nokosta ja Tirsaa ja katsotaan mikä juuri nyt saa heidät pois tolaltaan?
- Ei!
- Vai kuljeksitaanko ympäri kaupunkia ja odotetaan että joku mysteeri kävelee vastaan?
- Ei, ei jaksa!
- Vai mennäänkö pallokentälle potkimaan palloa?
- Mitä jos nyt veisimme nämä pienillä numeroilla arvostellut koulunkäyntipaperit kotiin, vaihdetaan kesälomakamppeet niskaan, ja mietitään sitten mitä tehdään, lopetti Pultti Pöltsin ehdottelutulvan.

Se oli kelvollinen suunnitelma. Lyhytnäköinen, mutta suunnitelma kuitenkin.

Kotonaan Pöltsi päätti ottaa esiin Humpulan Sanomat, ja tutkia antaisiko se joitakin virikkeitä vetelehtimisvaaran uhkaamalle koulujensa ikeestä vapautuneelle nuorisolle. Lehden etusivu täyttyi mainoksista. Se oli hyvä asia, merkki siitä, että kaupungin talouselämä kukoistaa mainostamisen arvoisesti. Seuraavalle sivulle oli koottu etusivun uutiset. Maan hallitus näyttää olevan kaatumassa johonkin rahasotkuista alkaneeseen luottamuspulaan. Humpulan ohitse mietitään uutta pikatietä, koska jotkut olivat sitä mieltä, että keskustassa on liikaa läpiajoliikennettä, joka tuottaa saasteita ja vaaratilanteita. Sisäsivuilla oli kaikenlaisia uutisia ympäri maata. Jossakin oli raideliikenne ollut jumissa kiskoille poikimaan asettuneen hirven takia, jossakin oli talo palanut, jossakin itäsuomalaisessa taajamassa oli koruliike putsattu, ja jossakin taas tärkeä rakennushanke oli kaatumassa rahoituksen puutteeseen. Mutta nuo tapahtumat olivat kaukana, eivätkä siitä syystä juurikaan kiinnostaneet Pöltsiä.

Sitten Pöltsin silmään osui uutinen, joka vaikutti edes rahtusen verran mielenkiintoiselta. Kuten monet kaupungit Suomessa, myös Humpula sijaitsi vesistön rannalla. Tässä tapauksessa järven rannalla. Järven nimi oli tietenkin Humpuvesi. Tähän asti järven rantaa oli hyödynnetty vain sen verran, että siellä oli kaupungin pieni uimaranta, jonka yhteydessä oli vaatimaton puolen tähden leirintäalue. Muilta osin järven ranta oli pääosin kesämökkien hallussa.

Nyt kuitenkin oli Humpulassakin tapahtunut kehitystä. Järvelle oli rakennettu pidempi ja parempi yleiseen käyttöön tarkoitettu laituri, ja laiturille johtava tie. Tämä oli Pöltsilläkin ollut jo ennestään tiedossa, mutta nyt paikallinen ennakkoluuloton yrittäjä oli hankkinut pienen sisävesiliikenteeseen sopivan aluksen, jolla hän aikoi aloittaa liikennöinnin järvellä. Alus oli tuotu Humpulaan raskaskuljetusrekan kyydissä, ja uutisessa kuvailtiin, miten nosto-operaatio rekan lavetilta järveen oli onnistunut. Alus oli tarkkaan laaditun suunnitelman mukaan saatu siirrettyä onnellisesti järveen, mitä kuvailtiin lehdessä vivahteikkain sanakääntein esimerkillisen uskomattomana - lähes mahdottomana - raskaskuljetusosaamisen taidonnäytteenä. Tänään alus kastettaisiin, ja kastetilaisuuden jälkeen paatissa olisi hetken aikaa avoimet ovet, jolloin kuka tahansa humpulalainen pääsisi tutustumaan tähän uuteen vesiliikenteen ihmeeseen. Paikalla olisi myös kahvitarjoilu ja sadalle ensimmäiselle ilmainen äyskäri ja alennuskuponki risteilylle maittavan laivapäivällisen merkeissä. Uusi varustamoyrittäjä oli todella päättänyt panostaa alkuvaiheen markkinointiin ja tehdä liiketoimensa tunnetuksi kansan keskuudessa.

Tällainen tapahtuma saattaisi kiinnostaa myös etsiväkaveruksia. Joka tapauksessa se kiinnostaa enemmän kuin kotona oleskelu. Vähintään se antaisi suojan kotitöille altistumisen riskiltä.

Aivan olemattomaan lammikkoon ei sisävesialusta kannata hankkia. Humpuvesikin on varmasti ihan siinä rajoilla. Humpula sijaitsi järven eteläpäässä, ja pohjoispäässä järveä sijaitsi toinen kaupunki nimeltään Lakijoki. Matkaa Humpulasta Lakijoelle olisi vesitse noin 25 kilometriä, mutta maanteitse matkan pituudeksi tuli 40 kilometriä. Näillä maantieteellisillä faktoilla olisi ilmeistä, että uusi alus suuntaisi purjehduksensa myös Lakijoelle. Tiettävästi suunnitelmissa oli reittiliikenne kaupunkien välillä tiettyinä viikonpäivinä, ja sen lisäksi paikalliset risteilyt Humpulasta käsin. Näitä risteilyjä järjestettäisiin vaihtelevilla teemoilla. Olisi lounas- ja päivällis-risteilyjä, tanssiristeilyjä, bingoristeilyjä, lasten teemaristeilyjä, ja musiikkiristeilyjä. Merihenkistä musiikkia oli tulossa esittämään paitsi kastetilaisuuteen, myös ensimmäiselle risteilylle, paikalli-nen musiikkiyhtye "Humpulan Pumppuveikot". Näin kertoi Humpulan Sanomien lehtijuttua varten haastattelema laivan omistaja ja kapteeni Akseli Kampi.

Aluksen nimi pidettiin vielä salaisuutena. Se paljastuisi vasta illalla kastejuhlassa.

Yhtäkkiä loppuosa lehdestä ei enää kiinnostanutkaan Pöltsiä. Sosiaali- ja terveyssektorin rahoitusongelmat, huutava lasten-hoitajapula ja paikallisen vanhan kansan sääennustaja Kuuro Ukkosen koko kesän sääennuste saivat lipua ohi silmien.

Olisikohan laivalaiturilla vapaana jonkinlainen satamapojan pesti, mietti Pöltsi. Pienen sisävesilaivan köysien kiinnitys ja irrotus pari kertaa päivässä tuntuisi sopivan leppoisalta kesätyöltä. Asiasta voisi yrittää ottaa selvää. Uudelle yrittäjälle ei ehkä vielä ollut kehittynyt vakiohenkilökuntaa.

2. HUMPUVEDEN HELMI

Lehtijuttu oli houkutellut järven rantaan puolet Humpulan populaatiosta. Onneksi suurin osa oli tullut paikalle jalkaisin tai polkupyörillä, muussa tapauksessa olisi rantaan johtava tie tukkeutunut autoista heti alkuunsa. Osaa ihmisistä tuntui kiinnostavan pelkästään ilmainen äyskäri, ja kyynärpäätaktiikkaa härskisti käyttäen sellaisen saatuaan tämä äyskärilahko poistui paikalta saman tien. Mutta paljon oli heitäkin, joita kiinnosti itse tapahtuma.

Myös etsiväkaverukset olivat vääntäytyneet paikalle. Pultti oli innostunut asiasta saman tien. Tällainen uusi liiketoiminta ja uudet tapahtumat tarjosivat kosolti uusia mielenkiintoisia tutustumiskohteita.

Laiva komeili laituriin kiinnitettynä. Laiturille oli kuormalavoista kyhätty vaatimaton puhujakoroke. Laivan nimi oli peitetty lakanalla.

Humpulan Pumppuveikot virittelivät soittimiaan ja saivat aikaiseksi kakofonisia äännähdyksiä, joilla he silti onnistuivat loihtimaan paikalle alkavan juhlahetken tunnelman. Saatuaan omasta mielestään sopivan vireen aikaiseksi, he hiljenivät, loivat katseen tilaisuuden promoottoriin kapteeni Kampeen, joka hymyili leveästi kuin ketunrauta, ja nyökkäsi takaisin. Puheensorina laantui, kun Pumppuveikot päästivät ilmoille ensimmäiset hallitut töräykset, ja pian saatettiin tunnistaa kaksi peräperää soitettua ikivihreää kappaletta "Lekalla pohjaan" ja "Myrsky vesilasissa".

Soitannan tauottua hivuttautui kapteeni Kampi kohti mikrofonia ja koputti siihen pari kertaa sormenpäällään. Hänen mielestään se kuului asiaan, kun on tarpeen varmistaa, että kaikki vahvistintekniikan töpselit ovat pistorasioissaan. Koputus kulkeutui piuhoja pitkin ämyreihin saakka, joten kapteeni aloitti juhlapuheensa. Hän kiitteli aluksi vuolain sanoin kaupungin päättäviä viranhaltijoita laiturista ja ymmärtävästä suhtautumisesta hankkeeseensa, ja toivoi hyvää ja tuottoisaa yhteistyötä jatkossa. Hän myös totesi, että tämä ensimmäinen kesä on kokeilu, ja jos se osoittautuu kannattavaksi, voidaan seuraavaksi kesäksi toimintaa kehittää edelleen. Yleisö taputti tälle tulevaisuuden uskolle ja hörppi pahvimukeistaan kahvia.

Sen jälkeen koitti laivan nimen paljastuksen vuoro.

- Valitettavasti, henkäisi kapteeni Kampi uudella innostuksella, - emme ole voineet investoida uuteen laivaan. Olen kuitenkin vakuuttunut, että tämä hyvää vuosikertaa oleva, jo jonkin verran aaltoja halkomaan ehtinyt ja siten merikelpoisuutensa osoittanut alus tekee kunniaa ja tuo kaivattua piristystä kaupunkimme ja koko lähiseudun matkailuun.

Kapteeni siirsi hetkeksi katseensa papereistaan laivaansa, kuin varmistuakseen, että se todella vielä oli siinä. Sitten hän veti henkeä ja jatkoi.

- Odotatte kenties, että kohta pärskyy kuohujuoma vasten laivan keulaparrasta. Siinä suhteessa minun on tuotettava teille pieni pettymys. Käytettynä hankitun laivan kanssa tapoihin ei kuulu rikkoa shampanjapulloa, mutta hyvänä kotiseutua kunnioittavana vaihtoehtona tyydymme saunakiuluun ja Humpuveden kirkkaaseen järviveteen.

Laivan nimen tulee paljastamaan ja vesikasteen löylykauhalla suorittamaan rakas puolisoni Meeri Kampi.

Yleisö taputti kapteenin puolisolle ja hörppi edelleen pahvimukeistaan kahvia. Kapteeni Kampi jatkoi juhlapuhettaan.

- Tätä uljasta alusta nimetessäni olen pyrkinyt ottamaan huomioon paikalliset lähtökohdat. Ja puhuisin palturia, jos väittäisin, etten haluaisi laivan nimeen myös omaa peukalonjälkeäni, jos niin saan sanoa. Näistä tekijöistä yhdistäen tämän kaunis alus on saanut uuden nimensä. Olkoon hänen kölinsä alla aina kämmenen verran vettä, laakereissaan öljyä, ja potkurissa kierroksia! Nyt pyydän puolisoani poistamaan nimen päällä olevan peitteen ja suorittamaan kasteen!

Rouva Meeri Kampi ryhtyi toimeen. Hän näytti epätietoiselta asiaankuuluvasta toimintajärjestyksestä, joten hän heitti ensin kysyvän katseen miehensä suuntaan, saamatta vastakaikua, jonka jälkeen hän tarttui löylykauhaan, otti saunakiulusta vettä, jonka hän rivakalla ranneliikkeellä viskasi laivan kylkeen. Sen jälkeen hän näytti – jos mahdollista – vieläkin epävarmemmalta. Laivan nimi oli peitetty lakanalla, joka ei veden heiton seurauksena näyttänyt irtoavan. Varmuuden vuoksi hän toisti vedenheittonsa, tällä kertaa suoraan lakanan päälle, ja katsoi taas kysyvänä mieheensä. Kapteeni Kampi kuitenkin patsasteli ylpeänä puhujakorokkeella, eikä ollenkaan ymmärtänyt, ettei ollut huomannut värvätä lakanan poistoon nimitettyä resurssia. Niinpä rouva Meeri Kampi alkoi itse irrotella ilmastointiteippejä, jotka pidättelivät nimen päälle kiinnitettyä lakanaa. Kulma kerrallaan lakana irtosi ja putosi lopulta järveen. Sen alta paljastui laivan uusi nimi: "Humpukka 1". Rouva Meeri Kammen huulilta saattoi lukea pientä sadattelua hänen katsellessaan järvessä lilluvaa lakanaa, ja taaskin hän näytti epätietoiselta sen ilmeisen näkökohdan suhteen, pitäisikö hänen jotenkin yrittää onkia se ylös. Havaittuaan tehtävän mahdottomaksi hän siirsi huomionsa pois lakanasta, tarttui uudelleen vesikiulun, lykkäsi löylykauhan miehelleen, ja heitti kerralla koko kiulullisen vettä laivan nimen päälle. Yleisö kohotteli aluksi hämmentyneenä kulmakarvojaan, mutta seremoniaa ällistellyt osa ratkesi lopulta riemuun, hurrasi, taputti käsiään laivan nimelle, samalla läikyttäessä kahvia pahvimukeista päälleen, ja ällistelemättömän kansanosankin vähitellen jo pahvimukiensa tyhjentyessä lopetellessa kahvin nautiskeluaan.

-   Saanen hieman valottaa tämän nimen syntytaustaa, jatkoi kapteeni Kampi – Otin lähtökohdaksi, että laivan nimi olisi yhdistelmä Humpulan kaupungin nimestä ja omasta nimestäni. Sillä lailla saadaan Humpu ja Kampi, siis Humpukampi. Mutta jotta joku voi olla Humpukampi, täytyy ensin olla Humpukka. Ykkönen nimen perässä kuvastakoon tulevaisuuden uskoa siihen, että jonakin päivänä on syntyvä lisää Humpukoita.

Vaikka laivan kastetoimitus oli rouva Meeri Kammelle selvästikin protokollaltaan outo ja vieras, ei se näyttänyt olevan yhtään tutumpi kenellekään muullekaan paikalla olevalle, joten tunnelma ei siitä latistunut. Itse asiassa hänen pientä hapuiluaan tuskin noteerattiin, ja jos niin olisi käynytkin, kommellus unohtui saman tien. Kapteeni Kampi sen sijaan oli haljeta onnesta ja ylpeydestä kuuluttaessaan:

-   Seuraavaksi halukkailla teistä on mahdollisuus tulla tutustumaan alukseeni. Valitettavasti tänne mahtuu vain 120 henkilöä kerrallaan, joten pyydän teiltä pientä kärsivällisyyttä. Odotusajan viihdykkeeksi kaupunkimme kuuluisa orkesterimme Humpulan Pumppuveikot soittaa teille aiheeseen sopivaa musiikkia, ja voitte halutessanne vaikka panna tanssiksi tässä laiturilla.

Kapteeni rapisteli hetken käsissään olevia papereita.

- Juu, seuraavana Pumppuveikkojen ohjelmassa näyttää olevan sellaisia teemaan sopivia hittibiisejä kuin "Aallokon viemää", "Kaikuja syvyyksistä" ja "Rytökarin valssi". Että siitä vaan, olkaa hyvät!

Orkesteri aloitti soitannan. Pultti ja Pöltsi seurasivat tapahtumien etenemistä. Yllättävää kyllä suurin osa kansasta näytti jo tässä vaiheessa saaneen tilaisuudesta tarpeekseen. Äyskärit ja alennuskupongit oli jaettu, ja ilmaiset kahvit siemailtu. Se riitti useimmille. Ihmisiä yksi toisensa jälkeen lähti valumaan poispäin kohti kaupungin keskustaa. Muutama vailla itsekritiikkiä oleva pari uskaltautui laiturille humppaamaan, vaikka soitettavan musiikin tyylilaji ei täsmännyt humppaan, eikä oikein ollut kenelläkään tiedossa. Laivalle syntyi parinkymmenen ihmisen jono.

- Odotellaan hetki ja mennään sitten laivaan, ehdotti Pöltsi. – Haluaisin, että jäämme sinne ihan viimeisten joukossa.

Pultti nyökkäsi ja hytkyi ajankulukseen Pumppuveikkojen musiikin tahdissa. Pöltsi oli puhunut hänelle satamapojan kesätyöhaaveistaan, eikä Pultilla ollut mitään sitäkään asiaa vastaan. Oikeastaan hän ei nähnyt asiassa kuin kaksi vaihtoehtoa, hän kiinnittäisi ja irrottaisi keulaköyden ja Pöltsi peräköyden, tai päinvastoin. Joten olisi mitä mainiointa päästä juttelemaan kapteeni Kammen kanssa kahden kesken.

"Kaikuja syvyyksistä" ehti juuri loppua ja "Rytökarin valssi" oli alkutahtiensa osalta saavuttanut yleisön tärykalvot, kun kiireisimmät laivaan sisään rynnänneet ihmiset alkoivat pursuta laivasta ulos. Siinä vaiheessa etsiväkaverukset astelivat määrätietoisin askelin maihinnoususillan luo. Kulkusilta oli kapea ja salli vain yksisuuntaisen liikenteen, joten etsiväkaverukset joutuivat odottamaan sopivaa väliä, jolloin pujahtivat laivan kannelle.

Ihmisiä oli laivassa vielä runsaasti, joten pojat tunkivat itsensä parhaansa mukaan ensin laivan keulasalonkiin ihastellakseen sen keltakukkaisia verhoja ja tyyliin sopivia kalusteita, ja sitten kevätruohon vihrein sävyin sisutettuun peräsalonkiin, jonka verhoiluissa oli lintufiguureita, ja joka näytti samalla toimivan myös ruokasalina. Laivan keskiosassa näytti olevan paitsi matkustajien sisääntuloaula ja portaikko, myös ohjaamo ylhäällä, konehuone alhaalla, ja varmaankin jonkinlainen keittiötila. Salonkien päällä sekä keulassa että perässä oli matkustajien ulkokansitilaa muovisine kansituoleineen.

Tilat olivat hyvinkin viihtyisät, olematta silti liian hienostuneet, mutta ne oli kovin nopeasti tutkittu. Etsiväkaverukset jäivät vetelehtimään sisääntuloaulan liepeille, jossa myös kapteeni Kampi suoritti edustustehtäväänsä ja vaihtoi silloin tällöin muutaman sanan katsojien kanssa. Joku oli kiinnostunut laivan historiasta, joku toinen kyseli konetehosta, joku taas huippunopeudesta, ja niin edelleen. Pöltsi kuunteli näitä lyhyitä keskusteluja ja mietti mielessään, miten aloittaisi keskustelun fiksusti eri tavalla. Lopulta näytti siltä, että uteliaiden tulva helpotti. Pöltsi tempaisi Pulttia hihasta ja päätti käyttää tilaisuuden hyväksi ennen kuin kapteeni häviäisi ylös komentosillalleen.

- Komea laiva teillä! aloitti Pöltsi. - Onneksi olkoon hienosta hankinnasta. Tällaista vesielementtiä tänne onkin varmaan kaivattu jo pitkään!

Kapteeni Kampi näytti vähän hölmistyneeltä, ja katsoi kehujaa alas nenänvarttaan pitkin.

- Krhmm. Kiitos kiitos, hän murahti.
- Pelottaako tällainen yritys teitä yhtään? Pöltsi kysyi seuraavaksi.
- No ei. Mikäpä minua pelottaisi? ihmetteli kapteeni Kampi.
- Esimerkiksi se, että näin upea alus olisi vähän iso näin pieneen vesistöön. Riittääkö matkustajia, kannattaako tällainen liiketoiminta, sellaiset asiat.
- No, ei tällaista hommaa ihan kylmiltään aloiteta hetken mielijohteesta. Kyllä tässä on takana jonkinlainen markkinatutkimus. Ja sen verran starttirahaakin, että tämä ensimmäinen kesä ainakin onnistuu pienelläkin matkustajamäärällä.
- No se on hienoa. Ja nyt ainakin kaikki kaupunkilaiset tietävät teistä, kehui Pöltsi.
- Perusmarkkinointi on ehdoton edellytys. Katsopas vain tuleviakin Humpulan Sanomia, kyllä tämä Humpukka sielläkin näkyy. Siitä minä pidän huolen.
- Varmasti, sanoi Pöltsi.
- Sanoisin jopa, että Humpukka ykkönen on tämä kesänä kaupungin ykköspuheenaihe!

Tämän omakehuisen lausunnon päälle seurasi pieni kiusaantunut hiljaisuus. Pöltsi ei keksinyt mitään sopivaa sanottavaa asian vierestä, joten hän päätti siirtyä asiaan.

- Joko teillä on miehistö laivassa? hän kysäisi kuin ohimennen.

- On tottakai. Ei tässä tarvita kuin kolme henkilöä: kapteeni, kansimies ja joku keittiöön. Ja kaikki tuuraavat toisiaan koko ajan, sillä se hoituu.
- Entä sataman puolella? Meinaan, että tässä teille olisi tarjolla pari ahkeraa satamapoikaa. Tempaistaan köydet kiinni aina kun laiva tulee laituriin ja irrotetaan lähtiessä.
- Ja takuulla tiukasti, säesti Pultti.

Kapteeni Kampi naurahti.

- Ja että kesätyötä vailla? Se on vain valitettavasti niin, että laivan kansimies hyppää laiturille ja hoitaa köydet ja laskusillan, emme me tarvitse siihen ulkopuolisia. Mutta kiva että kysyitte, arvostan sitä, että nuoriso on oma-aloitteista ja ahkeraa.

Pettymys tuntui valuvan etsiväkaverusten päästä varpaisiin.

- No voi, huokaisi Pöltsi. – Pienet kesätienistit eivät olisi olleet pahitteeksi. Mutta minkä sille mahtaa. Tulipahan kysyttyä.
- Onnea purjehduskaudelle joka tapauksessa, sanoi Pulttikin, vaikka äänen sävy oli jo paljon vaisumpi.
- Mehän näimmekin jo laivanne, ja se on tottavie hieno, jatkoi Pöltsi.
- Asia on pääpiirteissään näin. Joten poistumme emmekä vie enempää arvokasta aikaanne, täydensi Pultti.

Leuka painuksissa etsiväkaverukset kääntyivät, eivätkä huomanneet kapteenin purevan mietteliäänä alahuultaan. He olivat jo laskusillalla, melkein toinen jalka laiturilla, kun he kuulivat kapteenin huutavan peräänsä.

- Odottakaa vielä hetki!

Pojat pysähtyivät. Kapteeni asteli heidän peräänsä ulos laiturille.

- Tuli mieleeni jotakin. Te näytätte kunnon pojilta. Asia on nimittäin niin, että minä haluaisin laivalleni vartioinnin yöajaksi. Päivisin laivalla on koko ajan omaa porukkaa, mutta kukaan meistä ei asu laivassa, ja illalla laiva jää tyhjilleen. Minä tiedän, että Humpulassa on vartiointiliike, mutta ei eivät suostu olemaan paikalla koko yötä.

Etsiväkaverukset näyttivät kahdelta kysymysmerkiltä ihmetellessään kapteenin puhetta silmät pyöreinä. Ei siksi, että kapteeni tarjosi vartiointihommaa heille, vaan siksi, että he eivät mitenkään osanneet kuvitella, että vartiointiliike Nokonen & Tirsa ottaisi vastuun laivan täysaikaisesta vartioinnista. Kapteeni tulkitsi tilanteen epäröinniksi, ja jatkoi suostuttelua.

- Teidän tarvitsisi vain katsoa, ettei laivaan tunkeudu kukaan sivullinen, ja ettei kukaan tee laivalle ilkivaltaa. Tuskin sellaista tapahtuu, ja laivan ulko-ovet tietenkin ovat lukossa yöaikaan, joten ei siinä mitään vaaraa ole, mutta varma on aina varmaa.

Pultti katsoi Pöltsiin. Innostunut loiste oli jo syttynyt molempien silmiin, mutta kapteeni ei sitä vieläkään havainnut, vaan nielaisi, katsoi alas kenkiinsä ja mietti seuraavia maanittelevia sanojaan.

- Minulla ei oikeastaan ole varaa maksaa kovin paljoa, mutta jotakin kyllä. Itse asiassa en tässä tilanteessa voi palkata aikuista vartijaa työsopimuksella, koska vartiointia ei tullut mukaan budjettiin. Mutta jos sanottaisiin, että olette laivassa vieraanani ja samalla pidätte silmänne auki. Vuorotellen, tai vaikka molemmat samaan aikaan, ja aina joskus joku meikäläinenkin saattaa tänne jäädä yöksi, jolloin saatte vapaapäivän – tai siis vapaayön. Tuolla laivassa on pieni miehistön taukohytti, jossa voitta oleskella. Mitä sanotte?

Kapteeni katsoi Pöltsiin. Pöltsi katsoi Pulttiin. Pultti katsoi kapteeniin. Kaikki katsoivat kaikkiin.

-      Sovittu! hihkaisivat etsiväkaverukset yhteen ääneen.

3. KESÄTYÖ

- Jaaha. Vai että laivaa ruvetaan vartioimaan? Milloin tämä teidän uusi kesätyönne nyt sitten alkaa? kysyi Pöltsin isä Erkki, kun pojat olivat päässeet kotiin ja innoissaan selittäneet, mitä oli tapahtunut.
- No se yksityiskohta jäi kieltämättä kysymättä, mietiskeli Pöltsi. – Harmi. Se olisi ollut hyvä tietää.
- Mutta ei varmasti nyt vielä tänä iltana, arveli Pultti. – Mennään huomenna sinne paikan päälle ja kysytään. Täytyyhän meidän joku perehdytys muutenkin saada.
- No niin varmasti, myönteli Erkki. – Paljonkos te saatte siitä palkkaa?
- No asiahan on sillä tavalla, vastasi tähän Pultti, - että me emme tee tätä rahasta, vaan...
- Emmekö? pisti Pöltsi väliin.
- Siis emme *pelkästään* rahasta, vaan kiinnostuksesta ja rakkaudesta kaikenlaisiin koneisiin ja teknisiin laitteisiin, lopetti Pultti lauseensa.
- Ja onhan se vähän jännääkin, lisäsi Pöltsi. – Vaikka mitään tuskin tapahtuukaan.
- Kuinka pitkä teillä on yksi työvuoro, mistä alkaen illalla mihin asti aamulla? kyseli Pultin isä herra Pulterius, joka myös oli ilmaantunut pihalle tilannetta ihmettelemään.
- Ei me sitäkään... aloitti Pultti.
- No sehän riippuu laivan aikataulusta, ennätti Pöltsi väliin. - Vahtivuoro alkaa silloin, kun laiva on saapunut illan viimeiseltä vuoroltaan ja miehistö lähtenyt kotiinsa, ja loppuu aamulla silloin, kun ensimmäinen miehistön jäsen tulee takaisin paikalle.
- Ketä siihen miehistöön kuuluu? tenttasi Erkki edelleen.

- No eiköhän meidät vielä heille esitellä, napautti tähän Pöltsi. – Luulen ettet sinä tuntisi heitä kuitenkaan.
- Niin se saattaa hyvinkin olla, tuumasi Erkki. - Eipä tuo taida teille hullumpi homma olla. Eihän teidän tarvitse tehdä muuta kuin nuokkua jokunen yö laivan messissä, yrittää suurin piiretein pysytellä valveilla, ja pitää siinä sivussa korvat auki.
- Varmaan sieltä saa muonituksenkin laivan puolesta, arveli herra Pulterius.
- Juu, täytyy saada, sanoi Erkki. – Sellainenhan kuuluu laivalla työsuhde-etuihin. No pojat, kumpi teistä ottaa ensimmäisen työvuoron?
- Minä! ilmoittautui Pöltsi.
- Minä! kajautti Pultti.

Etsiväkaverukset katsoivat toisiaan. Orastavan kinastelun henki leijui hetken ilmassa, mutta yhteisymmärrys syntyi pian.

- Olen – tai siis me olemme – sitä mieltä, että meidän kannattaa ensimmäisen työvuoron ajan olla molempien siellä, niin päästään samalla lailla kiinni siihen työhön, julisti Pöltsi.
- Asia on pääpiirteissään näin, myötäili Pultti.
- Olisipa näillä vesseleillä samanlainen into silloinkin, kun on nurmikon leikkaamista tyrkyllä, nauroi Erkki.
- Olisipa samanlainen palkka tarjolla, veisteli Pöltsi takaisin.

Erkki loi tuomitsevan katseen Pöltsiin. Kotitöiden laiminlyöntiä ei katsottu hyvällä.

- Eiköhän tämä keskustelu ollut tässä, hän lopetti puheen. – Lienee aika siirtyä yöpuulle. Huomenna on taas uusi päivä ja uudet mahdollisuudet.

4.PEREHDYTYSTÄ

Seuraavana aamuna etsiväkaverukset olivat intoa piukassa. Tuskin he malttoivat aamupalansa syödä, kun he jo lähtivät kohti laivalaituria. Matka sujui polkupyörillä nopsasti, ja esimerkillistä pysäköintikuria noudattaen he jättivät pyöränsä laiturin pielessä olevaan pyörätelineeseen.

Humpukka-laivan vierellä oli myös kaksi autoa, joista etsiväkaverukset päättelivät, että henkilökuntaa oli paikalla. Alusta valmisteltiin ensimmäistä risteilyä varten. Kapteeni Kampi tutki komentosillalla instrumenttejaan, huomasi poikien tulon, ja tuli portaat alas heitä vastaan.

- No niin, terve terve! hän huuteli ja tuli kättelemään molempia erikseen.
- Päivää vaan, vastasivat pojat yhdestä suusta.
- Meillä jäi eilen illalla juttu alkutekijöihinsä, alusti Pöltsi. – Joten ajattelimme, että olisi hyvä saada vähän lisätietoa. Ja tutustuminen tarkemmin tähän työympäristöönkin voisi olla paikallaan.
- No niinpä niin ja totta kai, retosti kapteeni. Hän nauroi päälle nauruaan, joka kumpusi kumeana kuin tynnyrin pohjalta. – Astukaa kannelle niin katsotaan paikat ja ihmiset. Kyllä se siitä suttaantuu.

Kolmikko astui laskusiltaa pitkin laivaan. Sisääntuloaulan poikki laahusti parikymppinen nuori nainen yllään viisi numeroa liian suuret likaiset haalarit, joiden lahkeet ja hihat oli kääritty, jotta jalat ja kädet ylettyisivät tulemaan näkyville.

- No mutta tässähän meillä onkin heti meidän kansimies, totesi kapteeni ja pysäytti kulkijan. – Tai siis pikemminkin kansinainen. Eli hän on se varsinainen yleismies ... siis yleisnainen, joka on matkan aikana vahdissa ruorissa, hoitaa töijaukset satamassa, hoitelee pieniä remppahommia laivassa ja niin poispäin. Nytkin taitaa olla konehuoneessa jokin homma meneillään?
- No on vittu joo, vastasi haalarinainen. – Pilssipumppu sanoo työsopimustaan irti. Täytyy vähän herkistellä ja vaihtaa osia, jos se siitä vielä vanhuuttaan elpyisi. Ettei mene koko paatti järven pohjaan heti neitsytmatkalla, nähkääs juu. Se olisi huonoa mainosta. Täällä sitä ei voi laittaa edes jäävuoren syyksi.
- Krhm, sanoi kapteeni tähän. – No mutta kyllä se kuntoon tulee varmasti. Jos ei tule niin hankitaan uusi.
- Ei tarvita uutta, vastasi nainen. – Mutta tiettyjä varaosia pitää hommata. Voin tilata ne itse, kun kerran tiedän mitä tarvitaan.
- Hyvä että asia hoituu, ilahtui kapteeni. – Pienissä ympyröissä tarvitaankin vähän oma-aloitteisuutta. Mutta saanhan minä esitellä, pojat tässä tulevat laivalle yövahdeiksi, jaa mutta enhän minäkään tullut kysyneeksi edes teidän nimiänne.
- Juu, tuota, Pekka Pöllänen on nimeni, sanoi Pöltsi ja ojensi oikean kätensä kansinaiselle. – Ja oikeastaan Pöltsiksi minua kutsutaan.
- Matias Pulterius, sanoi Pultti keskittyen huolellisesti sukunimensä oikeaan painotukseen, kumarsi kohteliaasti ja tarjosi myös kättään. – Mutta Pulttina minut lähipiireissä tunnetaan.
- No voi vit... tarkoitan että jaaha, anteeksi karkea kielenkäyttöni. Sini Aalto, sanoi haalarinainen ja läväytti rasvaisen kämmenensä vuorollaan kummankin etsiväkaveruksen kouraan. – Ja tunnetaan lempinimellä

Hyöky. Eli Aalto, joka saa aikaan katastrofin kaikkialla, minne menee.

- Nimi ei kuitenkaan liene enne, hymähti kapteeni Kampi yhä hyväntuulisena, ja alkoi samalla viittilöidä kansinainen Aallolle, jotta tämä ymmärtäisi lähteä jatkamaan töitään.
- Ja kun nyt sitten henkilöesittelyihin mentiin, niin kolmantena henkilönä meillä on tietenkin laivan muonittaja ja kokki. Hän ei juuri nyt ole täällä paikalla, mutta paikkakunnalla hänet tunnetaan yleisesti nimellä Rasva-Repe.
- Rasva-Repe! huudahti Pultti iloisesti.
- Rasva-Repe? ihmetteli Pöltsi hämmästyneenä. - Onko siis laivan ruokalistalla pelkästään makkaraperunoita ja lihapiirakoita?
- No eihän nyt toki, nauroi kapteeni Kampi. - Maissa Repellä on grillinsä, jossa hän määrää mitä on tarjolla, mutta täällä laivalla määrää varustamo, mitä ruokalistalta löytyy.

Puhuessaan kapteeni raotti laivan keittiön ovea, jotta etsiväkaverukset näkivät kokin valtakunnan. Sitä ei ollut koolla pilattu. Yhdessä paikassa seisten kokki ylettyi kaikkeen, mitä keittiö hänelle soi.

- Ymmärrättehän te, ettei tällaisessa siivouskomeron kokoisessa pentterissä mitään viiden tähden herkkuaterioita loihdita, jatkoi kapteeni. - Realiteetti on kuitenkin se, että kaikki ruoka täytyy valmistaa maissa, ja se ainoastaan lämmitetään täällä. Rasva-Repellä on sopivat keittiötilat kaupungilla, jossa lämmin ruokamme valmistetaan, ja sieltä se kuljetetaan tänne, toki samana päivänä kuitenkin. Rasva-Repe oli halukas saamaan lisäansioita, ja minä olin halukas suosimaan paikallista työvoimaa.
- No tuota, aprikoi Pultti. - Mitä täällä sitten on ruokalistalla? Vaikka eihän se minulle kuulu.

- Ja kuka pitää grilliä auki, jos Rasva-Repe on täällä? ihmetteli Pöltsi. – Vaikka eihän se tähän liity.
- Noo, kuului ja liittyi tai ei, vastasi kapteeni Kampi. – Ruokalista on nyt aluksi ainakin hyvin perinteinen ja yksinkertainen. Meidän on pakko aloittaa täällä tyylillä nakit ja muusi, tai lihapullat ja muusi. Ei sen ihmeellisempää ainakaan aluksi. Repe on mukana vain niillä reissuilla, joilla meillä on ruokatarjoilu, eli päivämatkat Lakijoelle ja päivällisristeilyt. Muilla lyhyillä iltaristeilyillä tarjolla ei ole lämmintä ruokaa, lähinnä ajateltiin tulla toimeen sämpylöillä ja juomilla. Niitä Hyökykin osaa tehdä. Grillille Repe on kuulemma onnistunut palkkaamaan tuuraajan poissaolojensa ajaksi.
- Eikä kysynyt minua siihen hommaan? huudahti Pultti ihmeissään.
- Ei tietenkään. Sinä söisit kuormasta, hymähti Pöltsi tähän.

Kapteenikin hörähti etsiväkaverusten sisäpiirin kevyelle huumorille ja vakavoitui saman tien uudelleen.

- Sitten minä näytän teille taukohytin, jossa voitte oleskella. Se on tässä alapuolella, hän sanoi ja johdatti pojat kapeisiin ja jyrkkiin portaisiin, joita pitkin Hyökykin oli juuri mennyt alas.

Portaiden alapäässä oli ahdas aula, josta johti ovia eri suuntiin. Yhdessä luki "Engine room", toisessa "Toilet" ja kolmannessa "Crew only". Kapteeni avasi viimeksi mainitun oven ja päästi etsiväkaverukset sisään. Oven takaa paljastui pieni hytti, jossa oli sohva, pöytä, pari tuolia, televisio, radio ja puhelin. Kalustus ei ollut yhtä moitteettomassa kunnossa kuin matkustajatilojen kalusteet. Hytissä oli myös pieni pyöreä valoventtiili, joka oli nyt laituria vasten, ja valoventtiilin yläreunasta saattoi vain vaivoin nähdä pienen kaistaleen laiturin päältä.

- Täällä te siis saatte oleskella, selosti kapteeni Kampi. – Kuten eilen taisin sanoa, ulko-ovet pidetään öisin lukossa, joten laivan sisätuloihin ei kenenkään ulkopuolisen pitäisi päästä tunkeutumaan. Jos itse liikutte laivan ulkokansilla, katsokaa että ovet tulevat lukkoon myös teidän jälkeenne. Täällä on avaimet teitä varten, mutta älkää viekö niitä pois laivasta. Jos joku tulee kannelle, kuulette sen tähän hyttiin selvästi. Jos niin käy, tai jos syntyy muuten uhkaava tilanne, niin soittakaa minulle tuolla puhelimella, numero on paperilapulla siinä vieressä. Jos joku laivaväestä tulee yöllä käymään, soitamme siitä teille etukäteen, niin ette hätäile turhaan. Onko tämä nyt tähän asti selvää?

Etsiväkaverukset nyökyttelivät ja yrittivät omaksua kaiken opastuksen.

- Sähköt laivaan tulee satama-aikana maista, joten konehuone ei yöaikaan paljon pidä meteliä. Paineilmakompressori tai pilssipumppu siellä saattaa käynnistyä itsekseen, niistä ei kannata välittää, ne pörräävät hetken ja sammuvat itsekseen.
- Entä jos eivät sammu? kysyi Pultti.
- Sammuu ne, vastasi kapteeni. – Täytyy sammua. Jos pilssipumppu ei toimi, niin sitten laiva uppoaa.
- Soitammeko teille siinä tapauksessa? kysyi Pöltsi.
- Tietysti. Jos laiva on vaarassa tavalla tai toisella, niin soittakaa minulle ja tehkää voitavanne. Kaikki miehet pumppuihin, niin kuin hauskasti sanotaan! Muuta kysyttävää?
- Milloin aloitetaan? kysyi Pöltsi.
- Tässä on tämän kesän aikataulut, sanoi kapteeni Kampi, ja antoi kummallekin etsiväkaverukselle aikataululappusen.

Tulkaa illalla paikalle viimeistään puoli tuntia saapumisajan jälkeen, suunnilleen silloin me lähdemme täältä kotiin. Ja pysytte täällä, kunnes aamulla palaamme. Tai siis yksi vartija riittää, molempien ei tarvitse vartioida.
- Tämä selvä, sanoi Pultti. – Otetaanko eväät mukaan vai jääkö Rasva-Repeltä makkaraperunoita tähteeksi?

Kapteeni päästi jälleen ilmoille kumean naurunsa.

- Ette tarvitse eväitä. Laivan jääkaappiin jää aina jotakin. Se on käytettävissänne. Ja WC on tuossa aulassa, kai huomasittekin.
- Huomattiin, vastasi Pöltsi.
- No jospa sitten kiivetään tuonne toimiston puolelle ja tehdään jonkinlainen työsopimuspaperi? Sopiiko näin?

Sopihan se etsiväkaveruksille. Kolmikko poistui hytistä ja kiipesi komentosillalle, jossa kapteenilla oli jo nimiä vaille valmiit sopimuspaperit tarjolla. Lisättyään paperiin työllistettävien nimet hän antoi sopimukset etsiväkaverusten luettaviksi, jonka jälkeen ne allekirjoitettiin.

- Tänään illalla sitten nähdään, totesi kapteeni antaen ymmärtää, että vastaanotto oli tällä kertaa päättynyt.
- Illalla tullaan, vastasivat etsiväkaverukset yhteen ääneen.

5. SIENIÄ, MARJOJA JA YRTTEJÄ

Etsiväkaverukset olivat polkeneet takaisin kaupungille. He eivät kuitenkaan menneet kotiin, koska siellä olisi ollut tarjolla korkeintaan tylsiä kotitöitä. Sen sijaan he pysähtyivät puiston penkille.

- Minä varmaan kuvittelen kaikenlaista, tuumaili Pöltsi. – Minusta tuntui siltä, että meidän ilmaantumisemme laivalle ei oikein ollut Hyökylle mieleen.
- Siltä minustakin tuntui, sanoi Pultti – Miksiköhän?
- En tiedä. Luulisi, että hänelle on aivan samantekevää, kuka siellä on yöllä, kun emme kuitenkaan ole siellä hänen kanssaan samaan aikaan.
- Niinpä. Ehkä me vain kuvittelemme turhia. Ehkä hän vain on sellainen luonteeltaan.
- Ehkä. Ei pidä tehdä tulkintoja liian nopeasti.
- Mutta mitä me nyt tekisimme? kysyi Pultti. – Iltaan on aikaa, eikä minua ainakaan nukuta.
- Minulle tuli sellainen olo, että voisimme käydä moikkaamassa Rasva-Repeä, jos hän on grillillään, ehdotti Pöltsi.
- No mutta ilman muuta, ilahtui Pultti. – Voidaan vähän kysellä millä mielellä hän lähtee uusiin maisemiin.

Jo tuoksuista saattoi havaita hyvän matkaa ennen grilliä, että se oli avoinna. Rasva-Repe ei kuitenkaan tavalliseen tapaansa nojaillut myyntitiskiinsä ohikulkijoita katsellen. Grillissä oli täysi tohina päällä. Pultin piti koputtaa napakasti nyrkillään asiakastiskiin, ennen kuin Rasva-Repe huomasi heidät.

- Terve Pultti! Terve Pöltsi! hän tervehti etsiväkaveruksia iloiseen tapaansa. – Laitetaanko kaikki mausteet?
- Jätä tänään valkosipuli pois, vastasi Pultti ennen kuin Pöltsi ehti tukkimaan hänen suunsa. Toisaalta, jotakin kai tänäänkin piti syödä, joten samapa tuo. Ateriointi Rasva-Repen grillillä antoi sopivat puitteet pieneen jutusteluun.
- Tiedättekös pojat mitä minä olen mennyt tekemään? kysyi Repe silmät loistaen. Hän oli selvästi innoissaan uudesta työpaikastaan.
- Kyllä me jo tiedämme, vastasi Pöltsi hänelle kuivasti. - Sinä vastaat Humpukan ravintolatoiminnasta.
- No niin vastaan, hehkui Rasva-Repe.
- Eikä siinäkään vielä kaikki, jatkoi Pultti. - Lisäksi olet palkannut itsellesi apulaisen tänne grillille.
- No niin olen. Mutta mistä te sen jo tiedätte? pysähtyi Rasva-Repe silmät pyöreinä.
- No meillä sattuu olemaan sama työnantaja. Me olemme nyt myös kapteeni Kammen palkkalistoilla, vastasi Pultti. - Saimme sopivan kesäduunin ja pääsimme vastaamaan laivan yövartioinnista.
- No mutta nyt lopsahti työnjako meidän kesken ihan oikein. Valpas vartiointi onkin teille kahdelle ihan sopiva homma, sopii kuin tatti pannulle, tuumasi Repe. – Mutta tulkaapas vilkaisemaan, mitä me täällä puuhaamme, sillä aikaa kun nuo makkaraperunat tuossa porisee.

Etsiväkaverukset astuivat sisälle grilliin. Edes Pultti ei ollut koskaan pannut merkille, että myyntitilasta johti ovi takahuoneeseen. Ovi oli nyt auki, ja takahuone paljastui keittiöksi. Keittiössä oli isoja patoja ja pannuja liedellä. Takahuoneesta johti edelleen ovi takapihalle, joka sekin oli nyt auki. Ulkoa kuului auton ääni, ja Pöltsi näki, että pihasta poistui juuri punainen pakettiauto, joka nostatti pienen pölypilven.

Rasva-Repe murahti jotakin ja kiirehti vetäisemään oven kiinni, jottei pöly päässyt tunkeutumaan keittiöön. Hän teki sen teatraalisen napakasti, aivan kuin olisi ollut kiukkuinen pölyttävälle autolle. Ehkä hän olikin. Keittiön hygieniasta on syytä pitää huolta.

Patojen ja pannujen lisäksi takahuoneessa vietti aikaansa jalkoihinsa nojaillen etsiväkaveruksille entuudestaan tuntematon erikoisen näköinen henkilö. Tämä ravintolakeittiön sisäänsä sulkema muonavirtuoosi näytti pelokkaalta kiinalaiselta pöllöltä, jolla Pultin ja Pöltsin yllätyksellisen vierailun miellyttävyys kätkeytyi jonnekin hyvin syvälle sisimpään. Henkilö oli arviolta kolmekymppinen mies. Hänen päänsä kääntyi hitaasti melkein täyden kierroksen, viirusilmien ilmaa leikkaavan katseen nauliutuessa lopulta Pulttiin ja Pöltsiin. Katse oli läpitunkeva, mutta samaan aikaan hänen pelokas pöllön olemuksensa viestitti "anteeksi että olen olemassa". Etsiväkaverukset arvelivat tämän henkilön olevan Rasva-Repen palkkaama apulainen. Mies oli juuri ehtinyt pestä kätensä, ja näytti siltä, että hän oli joutunut tekemään toimenpiteen hätäisesti. Toisessa kädessä lähellä kyynärpäätä roikkui vielä nokare perunamuusia, mutta se ei näyttänyt miestä häiritsevän.

- Tässä on minun uusi kollegani, esitteli Rasva-Repe. – Hän on oikein kouluja käynyt, kokenut ja innostunut ravitsemusalan ekspertti, eikös vaan? Tuntee ja tietää paljon eri ruoka-aineiden terveysvaikutuksista. Hänen nimensä on Veli Tulppa.

Veli Tulppa käänsi päätään poispäin etsiväkaveruksista, mutta vain sen veran, että kaksikko säilytti juuri ja juuri asemansa hänen näkökenttänsä laidalla. Hän kuikuili syrjäsilmällään tunkeilijoita sen näköisenä, ettei ollut odottanut vieraita juuri nyt, ja olisi mieluusti nähnyt etsiväkaverusten katoavan yhtä äkisti kuin olivat ilmestyneetkin. Näin ei kuitenkaan tapahtunut, joten keittiömestari Tulppa avasi ja sulki suunsa pari kertaa ikään kuin harjoitellakseen puhumista, ennen kuin ilmoille narahti hänen nokastaan ensimmäinen ääninäyte:

- Sienet.

Miehen ääni kuulosti samalta kuin sellaisen ladon oven saranat, jonka edellisestä avaamisesta on kulunut sata vuotta. On tietysti lähimmäisiä kohtaan oikeinkin, ettei tämän laatuista ääntelyä päästetä ilmoille ja viattomien kanssaihmisten korvien rasitteeksi enempää kuin on pakko. Niinpä mies vaikeni, suoritti äkillisen ja nopean pälyilyliikkeen pöllösilmillään, ja odotti jotakin tapahtuvaksi. Pitikö sienien olla taikasana, joka saisi etsiväkaverukset katoamaan? Niin ei kuitenkaan tapahtunut. Puheenparsi oli paitsi kuiva, myös tällaisenaan kovin lyhyt, joten kaikki odottivat sille jatkoa. Vastahakoisen tuntuisesti sienen-keittomestari Tulppa katsoi tarpeelliseksi täsmentää lausuntoaan:

- Sienet. Ne ovat erikoisalaani. Ja marjat, sekä luonnon yrtit. Erityisesti siksi, että osaan löytää niitä helposti metsässä. En ymmärrä mikseivät jotkut ihmiset näe noita jokamiehen oikeuksin kerättävissä olevia aarteita. Minä pystyn näkemään tryffelitkin maan alta. Aion täydentää grillinkin ruokalistaa jollakin pikantilla sieniannoksella. Olen jo suunnitellut karpaloburgerinkin. Jos Rasva-Repe antaa luvan, tietenkin. Sieniin.
- Juu, vahvisti Rasva-Repe. – Veli tietää paljon sienistä ja yrteistä. Hän tietää mikä maistuu missäkin annoksessa. Niitä voi sekoittaa moneen ruokaan siten, etteivät ne erityisesti näy, mutta tuntuvat kuitenkin maussa. Hänen tietämyksensä

ansiosta me saamme grillinkin makuelämykset ihan uudelle tasolle!

- Niin saattekin, vahvisti Veli Tulppa. – Täysin uusille tasoille. On olemassa paljon maukkaita sieniä ja yrttejä, joita yleisesti pidetään syömäkelvottomina, mutta sopivasti valmistettuna ja pieninä pitoisuuksina niistä saa oikein hyvät säväykset ruokaan kuin ruokaan ja tilanteeseen kuin tilanteeseen. Ymmärrättekö? Säväykset.
- Ööh, kommentoi Pultti, johon innostus ei näyttänyt välittömästi tarttuneen. – Onko noissa makkaraperunoissa jo sieniä mukana?
- Ei vielä, nauroi Rasva-Repe. – Siis eihän?

Veli Tulppa pudisti päätään.

- Vielä ei olla niin pitkällä. Mutta minulla alkaa jo olla tässä vähän kokoelman alkua kuivattuna, kehaisi Veli Tulppa ja osoitti pienellä kädenliikkeellä keittiötason yllä olevaa hyllyä. Siellä oli muutama pieni pussi, arvatenkin jokaisessa eri sisältö.
- Kyllä me tässä asiassa harkintaa käytämme, lohdutti Rasva-Repe vakioasiakkaitaan huomattuaan Pultin epäröivän ilmeen.
- Etkä muuta grillin nimeä sienibaariksi? kysyi Pultti.
- En, kyllä nimi ja muut perinteet pysyvät, rauhoitteli Rasva-Repe.
- No varmasti, totesi Pöltsi. – Teillä taitaa tässä olla tulossa tämän päivän laivamuonat?
- On juu, vastasi Rasva-Repe. – Tänään on neitsytristeily illalla, ja siellä tarjotaan murkinaa. Mutta ei tässä muuta ole kuin nakkeja, lihapullia ja iso padallinen perunamuusia. Kampi ei halua ottaa riskejä. Ruokakin on niin varman päälle tehtyä kuin olla voi. Täällä me ne tehdään ja kuskataan laivalle vähän ennen lähtöaikaa. Sellaista se on nykyään.

Katsotaan jos sinnekin myöhemmin kesällä saataisiin myytyä jotain parempaa, vaikka sienipyttipannua. Veikkaan että matkustajat kyllästyvät nakkeihin ja perunamuusiin melko pian.

- Niin varmaan käykin, totesi Pultti. – Olettaen että matkustajat pysyvät samoina koko ajan.
- Minä ainakin kyllästyisin, säesti Pöltsi. – Kyllästyisin mihin tahansa, jos joka päivä olisi samaa. Jopa makkaraperunoihin.
- Ai jestas sentään, ne teidän makkaraperunat! muisti Rasva-Repe samassa ja ryntäsi rasvakeittimensä ääreen. – Ei sentään onneksi mennyt ylilaadun puolelle, mutta sopivan valmiita nämä jo ovat. Laitan lautasille. Pöytään numero neljä, niinhän?
- Tarvitseeko kysyäkään, vahvisti Pultti.
- No niin, minä tuon nämä annokset sinne. Ja sitten minä lähdenkin viemään muusit ja soosit laivaan iltaa varten! Mitä niitä täällä seisottamaan, kun kerran jo valmiit ovat!

Etsiväkaverukset heilauttivat kädellään kepeät hyvästit Veli Tulpalle, joka vastasi kohottamalla kättään. Samassa hän itsekin huomasi muusinokareen kyynärpäässään, pyyhkäisi sen nopeasti pois kuin se olisi pistämäisillään oleva hyttynen ja näytti syöksyvät uudelleen hanan ääreen pesemään käsivarsiaan. Etsiväkaverukset eivät enempää välittäneet hänen säntäilystään, vaan siirtyivät takaisin kadulle ja istahtivat ainoan siellä nököttävän pöydän ääreen. Höyryävät makkaraperunat, joissa kumpikaan ei pystynyt havaitsemaan sieniin viittaavaa makuvivahdetta, varastivat hetkeksi molempien täyden huomion.

6. ENSIMMÄINEN TYÖVUORO

Etsiväkaverukset taluttivat polkupyöriään kotejaan kohti.

- Tämä kaupunki vetää puoleensa kummallista väkeä, totesi Pöltsi.
- Sanoo hän, joka on juuri tänne muuttanut, täydensi Pultti.
- Minua ei lasketa. Asuimme Humpulan vaikutuspiirissä jo ennestään. – Mutta minusta tuntuu, että kaikki uudet tuttavuudet, joihin täällä törmäämme, ovat jollain lailla sekaisin päästään.
- Niin, ehkä he ovat olleet täällä koko ajan, mutta koloissaan piilossa, arveli Pultti.
- Ajattele nyt noitakin kahta tyyppiä. Sini Aalto, joka on suorasukainen vouhottaja, ulospäin suuntautunut nätti tyttö, joka tuntuu olevan täysin väärässä ammatissa. Ja aivan vastakohtana tämä Veli Tulppa, joka hakeutuu hommiin Rasva-Repen grillille, ja tutkii siinä sivussa, minkälaisia mielensisäisiä elämyksiä ihminen saa sienistä.
- Hän vaikutti kokeilleen outoja sieniä itseensä, ja hyvä niin, ilmaisi Pultti mielipiteenään. – Minulle riittää, että erotan kärpässienet muista sienistä.
- Se on hyvä tietää.
- Toivottavasti hän ei sotke sieniä jokaiseen grilliannokseen. Jos sotkee, niin alan boikotoida Rasva-Repen grilliä. Ainakin vähäksi aikaa.
- Älä huoli, lohdutti Pöltsi. – Minä en usko, että Repe antaa hänen tehdä sitä. Hänelläkin on vankat perinteet vaalittavanaan.

Etsiväkaverukset saapuivat koteihinsa. Pultin äiti huuteli ovelta:

- Matiaaas! Syömään heti! Ruoka on valmista! Sienimuhennosta!
- Pitää näköjään mennä, onkin jo kamala nälkä taas, havahtui Pultti. – Tavataanko tässä ennen duunia?
- Tavataan, sanoi Pöltsi eikä lakannut ihmettelemästä Pultin ruokahalua. – Laiva tulee laituriin kymmeneltä, joten meidän pitää olla siellä puoli yksitoista. Vartti ennen tässä?
- Selvä kuin nakki, vastasi Pultti harppoen jo kohti kutsuvaa ruokapöytää.

Ensimmäinen työpäivä on aina jännittävä. Etsiväkaverukset yrittivät kumpikin tahoillaan saada päivän kulumaan, miten parhaiten taisivat. Pöltsi selaili päivän lehteä, Pultti yritti nukkua, mutta unessa öljyinen koura yritti syöttää hänelle epämääräisiä sieniä, eikä nukkumisesta tullut mitään. Lopulta molemmat katselivat televisiota, mutta tietenkään sieltäkään ei juuri tänään tullut mitään mukavaa. Lopulta molemmat olivat pihalla lähtövalmiina jo melkein tunnin ennen sovittua aikaa. Satamalaiturin penkilläkin olisi ihan mukava odotella ja katsella laivan saapumista.

Pyöräiltyään satamaan etsiväkaverukset havaitsivat, että satamamiljöö oli päivän aikana kehittynyt edelleen. Paikalle oli tuotu asuntovaunu, joka vaikutti toimivan satamakioskina. Se ei nyt ollut auki, mutta vaunun ulkoseinään oli kiinnitetty mainos, jossa oli m/s Humpukka Ykkösen aikataulut, lippujen hinnat, ja lista teemaristeilyistä. Tänään oli "avajaisristeily maittavan kotiruokapäivällisen kera". Huomenna olisi vuorossa bingoristeily, ja seuraavana iltana tanssiristeily nimellä "Humpukka valssin pyörteissä".

Ei kestänyt kauan, kunnes laivan keula purjehti näkyviin lähimmän niemen takaa. M/S Humpukka 1 oli suorittanut ensimmäisen risteilynsä laituriin tuloa vaille loppuun, eikä Hyökyn pumppumurheista huolimatta ollut painunut matkalla syvyyksiin. Alus lähestyi laituria ja kapteeni, joka nyt jo selvästi erottui laivan komentosillalta, suoritti laiturin edustalla tyylikkään käännöksen, jolloin laiva lipui laiturin vierelle kauniisti ja tyylikkäästi, ilman ylimääräisiä manöövereita, juuri niin kuin pitikin, keula valmiiksi järvelle päin. Etsiväkaveruksetkin ymmärsivät, että laivan kääntö oli tarpeen siksi, että maihinnousu oli mahdollista vain laivan styyrpuurin puoleiselta laidalta. Laivan pääkone päästi murahduksen ja potkuri sai veden kuohumaan kapteenin saadessa laivan pysähtymään laiturin vierelle.

Kansinainen Sini Aalto seisoi keulakannella, josta hän hyppäsi sulavasti laiturille kuin kenguru, kietaisi köyden kiinni laiturin pollariin, ja siirtyi saman tien tekemään saman operaation perässä. Sen jälkeen hän siirtyi keskelle laivaa ja nykäisi laskusillan kohdalleen. Koko operaatio kesti vain pari minuuttia. Etsiväkaveruksista ajatuskin tuntui nyt jo hassulta, että heidän mielestään tällainen toimi olisi ollut koko kesän työ. Saatuaan laskusillan paikalleen, Sini Aalto jäi vielä sen vierelle kiittämään jokaista maihin astuvaa matkustajaa risteilystä ja toivottamaan hyvää illan jatkoa.

Jos Pultti ja Pöltsi eivät olisi tienneet, he eivät olisi uskoneet tätä samaksi henkilöksi, jonka he tapasivat aikaisemmin laivassa. Poissa olivat likaiset haalarit, rasvasta mustat kourat ja karkea käytös. Nyt hänellä oli yllään valkoinen kauluspaita ja valkoinen hame, hiukset olivat kauniisti kammatut, ja kasvoilla loisti jatkuva hammastahnahymy. Lankongin vierellä seisoi enkelimäinen olento, josta ei ikinä voisi arvata, että hän on konehuoneessa käynytkään, saati tehnyt siellä korjaustöitä. Päivällä hän oli ollut Hyöky, matkustajien läsnä ollessa hän on Sini Aalto. Muodonmuutos vaikutti jotenkin hämmentävältä.

Matkustajat katosivat nopeasti tahoilleen. Heidän jälkeensä laiturille ilmaantui Rasva-Repe kattiloineen ja pannuineen. Hän tietenkin huomasi etsiväkaverukset, mutta tyytyi pelkkään virnistykseen, koska kädet olivat kantamusten takia varatut. Pian hänen jälkeensä lähti myös Sini Aalto omille teilleen, tervehtien poikia iloisesti. Nyt hän ei enää antanut vaikutelmaa, että etsiväkaverusten läsnäolo olisi ollut epämieluisaa. Myös kapteeni Kampi ilmaantui partaalle.

- No niin pojat. Työvuoro alkaa.

Pultti ja Pöltsi nousivat penkiltä ja astuivat laivaan.

- Ehtoota, tervehtivät pojat yhdestä suusta. – Menikö reissu putkeen?
- Ihan hyvin meni, vastasi kapteeni. – Luulisin ainakin. Olin nimittäin itse sillalla koko ajan. En ihan tarkkaan tiedä millainen oli tunnelma salongin puolella. Mutta painukaa te vahtikoirat laivaan. Minä laitan ovet säppiin ja palaan aamulla siivoamaan.
- Asia on ymmärretty, vastasi Pultti ja olisi vienyt kättä lippaan, jos lippaa olisi ollut.
- Nukkukaa rauhassa, me kyllä vahdimme laivaa, vakuutteli Pöltsikin.

Etsiväkaverukset painuivat kannen alle heille aikaisemmin päivällä osoitettuun hyttiin. Soran rahina hiljeni laiturilla kapteeni

Kammen poistuttua. Äkkiä oli hiljaista. Pysähtynyt tunnelma valtasi pienen hytin.

- Mitäs me nyt, ihmetteli Pultti jonkin aikaa hiljaisuutta kuunneltuaan.
- Odotetaan aamua, vastasi Pöltsi. – Mitäpä muutakaan. Siihen hommaanhan meidät palkattiin. Odottamaan, että mitään ei tapahtuisi.
- No niinpä justiinsa juu. Mutta emme kai me koko yötä tässä istu? Keksitään jotakin tekemistä. Katsotaan vaikka, olisiko Rasva-Repe jättänyt jotakin jääkaappiin.
- Sinulla se aina välkkyy. Luulisin, että meiltä odotetaankin, että kiertelemme laivassa ympäriinsä. Voidaan vaikka kehittää jonkinlainen vartiointireitti täällä laivassa, ja kiertää sitä vuorotellen määräajoin. Sillä lailla saadaan aikaa kulumaan.
- Tuo on hyvä ajatus! Niin tehdään. Aloitetaan keittiöstä!
- Luulisin, että tarjolla olisi myös muutama irtopiste kapteenilta, jos siinä sivussa vähän siivoaisimme täällä, ehdotti Pöltsi.
- Tsot. Nyt varovasti. Vähän voidaan panna paikkoja ojennukseen, mutta ei niin paljon, että siitä kehittyy käytäntö. Muuten me siivotaan täällä ilmaiseksi joka yö.
- Ihan pikkuisen vaan, rauhoitteli Pöltsi. – Vain ajankuluksi, ei enempää.

Yhdessä Pultti ja Pöltsi lähtivät suorittamaan ensimmäistä vartiointikierrostaan. Pultti painoi hytin oven lähtiessään kiinni, mikä tuntui vähän hölmöltä, eihän laivassa ollut heidän kahden lisäkseen muita ihmisiä.

Laivan keulasalonki oli risteilyvieraiden jälkeen melko siistissä kunnossa, mutta peräsalongissa oli astioita pöydillä siellä täällä, ja pienessä ahtaassa keittiössä oli vuori likaisia lautasia, laseja ja aterimia. Kattilat ja pannut oli Rasva-Repe vienyt mennessään. Pultti havaitsi jääkaapin ja kurkisti sinne. Pahvilautaselle oli jäänyt muutama nakki ja lihapulla. Lisäksi kaapissa oli levitettä ja makkaraa leivälle. Leipää ei näkynyt, mutta pöydällä oli pussissa muutama sämpylä.

- No niin, totesi Pöltsi. – Ryhdytäänkö tiskaamaan?
- Oletko hullu? Ei taatusti ryhdytä, vastasi Pultti, joka oli jo ehtinyt kahmaista jääkaapista makkaranpalan. – Sittenhän meiltä odotettaisiin sitä aina. Minä ainakaan en pestautunut tänne tiskikoneeksi.

Laivan ohjaamosta oli hyvät näkymät joka suuntaan. Se olisi ollut siinä mielessä parempi vartiointikeskus kuin pieni miehistöhytti, mutta toisaalta mitään vartioitavaa ei varsinaisesti ollut. Ympäristö oli hyvin hiljainen ja rauhallinen. Yksi lenkkeilijä juosta jolkotteli kauempana, muuta liikettä ei näkynyt.

Tutkittuaan hetken laivan komentokeskuksen ohjauspaneeleita, mittareita, näyttöjä ja säätimiä, ymmärtämättä niistä paljoakaan, etsiväkaverukset jättivät tämän valtakunnan ja laskeutuivat portaat alas. Tutkimatta oli enää konehuone. Konehuoneen ovi oli raskas teräsovi, joka suorastaan vaati varmistamaan, että se oli avattavissa myös toiselta puolelta, ennen kuin etsiväkaverukset antoivat sen kolahtaa perässään kiinni. Konehuone oli ahdas ja likainen. Päämoottori hohkasi yhä lämpöään, ja tuoksu oli öljyhuuruinen. Onneksi valaistus oli kuitenkin yleiskatseluun kelvollinen.

- Tuli mieleen, että mikähän täällä näistä vehkeistä on se pilssipumppu? ihmetteli Pultti.
- Sen huomaa sitten, jos se pärähtää käyntiin, tuumasi Pöltsi.

- Ja jos se ei lähde käyntiin, sen voi tunnistaa siitä, että sitä on juuri rempattu. Kai jakoavaimestakin jää jonkinlaiset jäljet. Kun isä alkaa korjata autosta jotakin, hän pyyhkii alkajaisiksi enimmät öljyt ja liat pois sieltä, mistä aikoo vääntää ruuveja tai muttereita auki. Luulisin että sama pätee pumppuunkin, arveli Pultti.
- No niinpä.

Etsiväkaverukset silmäilivät hetken konetilaa, mutta eivät onnistuneet paikallistamaan pumppua, jota olisi juuri äskettäin huollettu. No, ehkä se ei vain osunut kummankaan silmään.

Hiukan pettyneinä vajavaiseen havainnointikykyynsä etsiväkaverukset lähtivät konehuoneesta ja siirtyivät takaisin hyttiinsä. Pöltsi avasi television, ja molemmat syventyivät sieltä tulevan agenttisarjan pyörteisiin.

7. VARAOSIA

Tömps!

Etsiväkaverukset hätkähtivät äkilliseen jysähdykseen. Molemmat pelästyivät. Mikä ääni se oli? Kuulosti siltä kuin joku olisi mäjäyttänyt moukarilla laivan kylkeen. Televisio esitti pelkkää suhinaa ja lumisadetta, sieltä se ei kuulunut. Pöltsi tokeni ensin, pomppasi pystyyn ja katsoi ulos ikkunasta. Hän ehti juuri havaita, että laiturilta poistui auto. Se näytti hämärässä kesäyössä pakettiautolta, väri oli tumma, ehkä punainen.

- Mitä tapahtui? ihmetteli Pultti sekava ilme naamallaan. – Nukuttiinko me? Tai siis eihän me vaan nukuttu, eihän?
- Saatoimme aavistuksen verran torkahtaa, vastasi Pöltsi. - Pahus sentään. Tästä ei puhuta kapteenille.
- Ei tietenkään. Mennään ottamaan selvää, mistä se ääni tuli. Katsotaan, näkyykö kannella mitään.
- Mennään. Muista ottaa avaimet mukaan.

Varovasti etsiväkaverukset nousivat portaat ylös ja avasivat ulos kannelle johtavan oven. Viileään varhaiskesän yöhön työntyi kaksi pörröistä päätä. Kesäyö oli täynnä heräävän luonnon ääniä. Varhaisimmat linnut olivat jo heränneet, ja tirskuttivat monivireisillä lurituksillaan läheisissä metsiköissä kevät-puuhissaan. Jostakin kauempaa tieltä kuului auton ääni. Aavistuksenomainen raikas tuulenvire tuntui kasvoilla. Muilta osin kaikki näytti rauhalliselta.

Kaikki oli kuten illalla, paitsi yksi asia. Pahvilaatikko.

Kannelle oli ilmestynyt vähän kenkälaatikkoa isompi laatikko. Etsiväkaverusten tuijotus nauliutui pahvilaatikkoon kuin arkeologin katse juuri löydettyyn tuhatvuotiseen sarkofagiin. Laatikon päällä oli tekstiä. Pöltsi havahtui ensin ja kumartui tutkimaan laatikon kirjallista informaatiota. Joku oli yliviivannut laatikosta tekstin "Erä 2". Sen alle laatikkoon oli kirjoitettu punaisella tussilla: PUNPUN VARA OSA VIETÄ LAIVAAN.

- No eipä ole tämäkään kirjoittaja mitenkään erityisesti äidinkielen taidoilla siunattu, arvosteli Pöltsi.
- Luonnehtisin minäkin tätä kirjallista ulkoasua tökeröksi, yhtyi Pulttikin Pöltsin arvioon. – Vaikka kirjoitusalusta onkin pelkkä pahvilaatikko. Tämä loota selittää kuitenkin sen tömähdyksen.
- Sen se selittää. Mutta herättää samalla pari muuta kysymystä.
- Niinpä. Kapteenihan antoi ymmärtää, että yöllisistä vierailuista tiedotetaan meille etukäteen. Olisimme kai kuulleet, jos puhelin olisi soinut.
- Tietenkin olisimme kuulleet. Eikä se soinut, eikä tapahtunut muutakaan yhteydenottoa.
- Ei. Ja miksi varaosia tuodaan tänne keskellä yötä? Eikö toimitukset tapahdu normaalisti päivällä?
- Ja yleensä paketteja ei noin vain heitellä ympäriinsä. Yleensä kuljetusfirma ei saman tien karkaa paikalta, vaan huolehtii siitä, että joku ottaa paketin vastaan ja kuittaa sen vastaanotetuksi.
- Ja tuo kirjoitus ei ole minkään ammattimaisen pakettifirman käsialaa. Tuon on kirjoittanut joku, jonka ammattitaito rajoittuu pakettiauton ajamiseen.
- Ja jos tässä on pilssipumpun varaosat, niin silloinhan pumppua ei ollut korjattu ennen risteilyä. Miten kapteeni kuitenkin uskalsi lähteä vesille siitä huolimatta?

- No jaa, ehkä Hyöky sai pumpun toimimaan ilmankin. Ei ensimmäistä risteilyä noin vain voi viime tingassa peruakaan.
- Ja tämä selittää, miksi emme löytäneet korjattua pumppua konehuoneesta. Koska sitä ei ollut korjattu.
- Mutta olihan Hyökyn pitänyt se purkaa saadakseen tietää, mitä osia hän tarvitsee.
- No ehkä hän tunnistaa vian jo äänestä.

Seurasi hetken hiljaisuus. Etsiväkaverukset seisoivat kannella kesäyön hämärässä pahvilaatikko jalkojensa juuressa.

- Kai me nostamme laatikon kuitenkin sisäpuolelle, ehdotti Pöltsi lopulta.
- Ehkä se on asianmukaista, tuumi Pultti. – Onkohan tämä painava?

Pultti tarttui tukevasti kiinni laatikkoon ja nosti sitä riuskalla otteella. Oli vähällä, ettei laatikko lennähtänyt hänen käsistään yli laidan. Se oli yllättävän kevyt. Laatikosta kuului hiukan helisevä ääni.

- Ehkä siinä on vain tiivisteitä tai jotakin muuta kevyttä, ja täytteenä lastuvillaa, arveli Pöltsi.
- Ovatpa ottaneet ison laatikon tiivisteille, tuhahti Pultti. – Ja eikös tiivisteet ole kumia tai jotakin mikä ei helise. Sen enempää kuin lastuvillakaan.
- Voi ne olla mitä vaan osia, jotain helinäosia sitten, mistäs me sitä tiedetään.
- No mutta mitäs me siitä, nostetaan tämä nyt sisään, niin päästään jatkamaan hommia.
- Joo. Viedäänkö tuo konehuoneen ovelle vai jätetäänkö tähän aulaan?
- Jätetään heti oven sisäpuolelle, niin näkevät varmasti, että varaosat ovat tulleet.

Pultti nosti laatikon oven sisäpuolelle ja Pöltsi veti oven kinni. Pöltsi tutkaili vielä kertaalleen laatikkoa arvioiden sitä. Hän nosti sen itsekin kannelta käsiinsä. Se ei tosiaankaan ollut painava, mutta ei ihan niin kevyt kuin oli Pultin otteiden perusteella ymmärtänyt. Hän ravisteli laatikkoa ja kallisteli sitä samalla puolelta toiselle. Laatikosta kuului ääni, joka oli jotakin kilinän ja helinän väliltä. Kuin laatikollinen joulukuusen koristeita.

- Uskaltaisimmekohan avata laatikon? Pöltsi arvuutteli.
- Emme, vastasi Pultti. -Tuo laatikko on niin tiukasti teipattu, että emme saa sitä uudelleen kiinni niin, ettei siitä näkyisi, että se on kertaalleen avattu. Eikä yöllä kannelle tömähtävien laatikoiden avaaminen pitänyt kuulua meidän velvollisuuksiimme sen enempää kuin tiskaaminenkaan.
- Ehkä se on niin, myöntyi Pöltsi vastahakoisesti. – Kovasti vaan kiinnostaisi tietää mitä tuo pitää sisällään.
- Kiinnostaisi, mutta ehkä saamme sen tietää myöhemmin. Josta tulikin mieleeni, onkohan niitä Rasva-Repen muonia vielä jäljellä?
- Mennään keittiön kautta, nyökkäsi Pöltsi. – Vähän jo murkina maistuisikin. Sen jälkeen on sinun vahtikierroksesi vuoro.
- Jo vain. Ruuansulatuslenkki on aina paikallaan.

8. AAMU KOITTAA VIIMEIN

Etsiväkaveruksia ei nukuttanut enää varaosatoimitus-tömähdyksen jälkeen. Loppuyön ajan he kiersivät vartiointi-kierrostaan vuorotellen uudelleen ja uudelleen. Mitään huomiota herättävää ei kuitenkaan enää näkynyt. Kierrokseen ei kulunut kuin pari minuuttia kerrallaan, ja niinpä he kiersivät sitä kyllästymiseen asti turhankin useasti. Välillä he napostelivat laivasta löytyvää murkinaa, juttelivat mukavia, ja yrittivät keksiä toisilleen arvoitusleikkejä ja muuta ajankulua. Aamuyö tuntui pitkältä.

Viimein, kun aurinko oli jo korkealla ja aamun visertäjälinnut olivat jo huutaneet kurkkunsa käheiksi ja antaneet suunvuoron kaupungin puluille, kuului joku tulevan. Ei kuulunut auton ääntä, kuului vain askeleet, jotka astuivat laivan kannelle, ja ulko-ovi avattiin avaimella.

- Mennään, tökkäsi Pöltsi Pulttia. – Joku tuli, meidän työvuoromme päättyy.
- Ei tarvitse suostutella enempää, murahti Pultti. – Jos työelämä on tällaista, niin minä otan lopputilin jo ennen aloitustakaan.

Etsiväkaverukset kuoriutuivat hytistään ja törmäsivät oven ulkopuolella Hyökyyn. hänellä oli jälleen likaiset haalarinsa päällään, yöllä tullut laatikko jalkojensa juuressa, ja hän oli juuri avaamassa konehuoneen ovea. Hän näytti vähän hätkähtävän huomatessaan pojat.

- Kas Pultti ja Pöltsi. Miten yö meni?
- Ihan mukavastihan se meni, vastasi Pultti. – Ainahan tämä kotiolot voittaa.
- Niinkö todella? naurahti Hyöky. Hänen äänensä ei kuulostanut kovin nauravaiselta. Ehkä täytyy olla pelle nauraakseen heti työpäivän aluksi.
- Tuo laatikko tuotiin tänne aamuyöstä, sanoi Pöltsi ja nyökkäsi kohti laatikkoa. – Joku toi sen ja heitti kannelle. Nostimme sen sisäpuolelle, jotta se on turvassa.
- Niin joo, vastasi Hyöky vähän venytelleen. – Kiitos vaan. Se oli hyvin toimittu. En odottanut näitä kamoja ihan vielä. Olisin muuten varoittanut teitä illalla. Mutta hyvä että tulivat, pääsen nyt hommiin heti aamupäivällä.
- Senkö takia tulit aikaisin? kysäisi Pöltsi.
- Aikaisin? hölmistyi Hyöky. – Normaali töihintuloaikahan tämä on. Satuin nyt vain olemaan ensimmäinen.
- Onko nuo sen pilssipumpun varaosat? tiedusteli Pultti ja yritti samalla näyttää sopivan välinpitämättömältä.
- Niin, joo, nepä ne, vastasi Hyöky kuulostaen puolestaan siltä, että puheenaihe ei häntä kiinnostanut.
- Laatikko oli kovasti kevyt, tokaisi Pöltsi ajatellen, että kokeillaan nyt, miten Hyöky asioihin reagoi. – Ajattelin vain, että pumput yleensä ovat melkoisen painavia.

Hyöky hymähti.

- Ei kaikki osat painavia ole. Tämän purkin pilssipumpun laakerit ovat elinkaaren ehtoopuolella. Se toimii vielä, mutta parempi olisi kunnostaa ne pian, ennen kuin se brakaa kokonaan. Tässä laatikossa on uudet laakerirenkaat pumppuun, sellaiset ei paina juuri sormusta enempää.

Pöltsi nyökkäsi. Pultti mutristeli suutaan mutta ei sanonut enää mitään.

- Eikä se auto näyttänyt oikein miltään kuriiriautolta, jatkoi Pöltsi edelleen hiillostustaan.
- Ei ehkä näyttänyt, myönteli Hyöky mietittyään muutaman sekunnin. – Ei näyttänyt, koska se ei ollut sellainen. Näitä osia ei oikein kannata tilata maahantuojan ja normaalien postipalvelujen kautta. Hinta olisi kallis, ja tuskin niitä heidän kauttaan edes saisikaan, koska pumppu on jo vanha eikä samanlaisia enää valmisteta. Maahantuoja tyrkyttäisi vastaavaa uutta pumppua, joka luultavasti ei sopisi vanhan paikalle, ja jouduttaisiin uusimaan liittyvät putketkin. Kuulittehan eilen kapteeninkin mielipiteen, että halvempi tapa on parempi tapa. Tämä toimittaja on pieni yrittäjä, joka on erikoistunut sellaisten osien toimituksiin, joita voi olla hankalaa löytää maailmalta. Ja heillä on myös ihan omat jakelukanavat.
- No sehän selittää kaiken, sanoi Pöltsi. – Toimitustapa tuntui hieman oudolta ja herätti siksi ihmetystä.

Hyöky nyökkäsi. Suunpielet vetäytyivät sekunniksi hymyn tapaiseen virneeseen, mutta palautuivat saman tien perus-asetuksiinsa.

- Ei no mutta, jatkoi Hyöky. – Minä tästä menen hommiin. Hyvää aamun jatkoa teille!
- Jatkoa, toivotti Pultti takaisin. – Nähdään taas.

Hyöky ei enää vastannut. Konehuone oli jo nielaissut hänet.

Etsiväkaverukset kipusivat portaat ylös kannelle poistuakseen laivasta. Ulkona myös kapteeni Kampi tuli heitä vastaan.

- Huomenta pojat! hän huikkasi noustessaan autostaan. – Miten työpäivä sujui? Tai työyö oikeastaan.

- Hienosti sujui, huhuili Pöltsi takaisin. – Pilssipumpun varaosat tuli, muuten kaikki oli rauhallista.
- Pumpun osat? Ai niin, ne. Hyvä juttu. Oikein hyvä että oli rauhallista, vastasi kapteeni. – Illalla taas nähdään.
- Nähdään, heilautti Pultti kättään hyvästiksi.

Etsiväkaverukset lähtivät verkalleen poljeskelemaan pyörillään kotiinpäin. Molemmat mietiskelivät tapahtumia, kunnes Pöltsi avasi suunsa.

- Jonkinlainen selitys saatiin Hyökyltä.
- Niin, ja jonkinlainen suhtautuminen kapteenilta.
- Hyöky näytti aluksi yllättyvän meistä. Aivan kuin hän ei olisi muistanut, että olemme laivassa.
- Ehkä hän ei muistanutkaan.
- Tai ehkä hän oli ajatuksissaan.
- Ehkä hänen ajatuksensa olivat laatikossa. Kapteeni taas ei muistanut laatikkoa, mutta muisti meidät.
- Tasapeli siis. Minusta tuntuu, että Hyöky piti huolen, että tulee laivaan ensimmäisenä saadakseen laatikon pois muiden näkyviltä.
- Siltä minustakin tuntuu.
- Minusta myöskin tuntuu oudolta, että kapteeni ei tiennyt laatikosta. Siis että sellainen oli tulossa ylipäätään ollenkaan.
- Ei hän tiennyt, jos Hyöky ei kertonut.
- Onkohan noin? Sehän tarkoittaa, että kapteenia ei kiinnosta, toimivatko konehuoneen laitteet. Minua se kiinnostaisi, jos olisin kapteeni.
- Niin minuakin. Paitsi siinä tapauksessa, jos en tietäisi koko asiasta. Silloin en ymmärtäisi kiinnostua siitä.
- Mutta Hyökyhän kertoi asiasta eilen kapteenille. Mehän kuulimme.

- Ja kuulimme myös, kun hän sanoi hoitavansa asian itse, ilman että kapteeni sekaantuu asiaan.

Pöltsi katsoi kysyvästi Pulttiin.

- Minusta tuntuu, että sinä et oikein niele tätä tilannetta? Hyökylähän oli selitys kaikkiin meitä epäilyttäneisiin asioihin. Minusta ne olivat ihan järkeenkäypiä selityksiä.

Pultti katsoi vuorostaan terävästi Pöltsiin.

- Tämä asia on kuin Rasva-Repen perunat. Tuntuu vähän liian kuumalta. Ja ihan en purematta pysty nielemään.
- No miksi et?
- Ensinnäkin, paketin toimitustapa, paketin paino ja koko eivät ole sellaisia kuin pitäisi. Laatikko oli liian kevyt.
- Hyökyhän sanoi, ettei ne osat paljon paina.
- Minun mielestäni Hyökyn puheet ei paljon paina, täräytti Pultti. - Hän sanoi, että laatikossa on laakerirenkaat pilssipumppuun. Minä en ole mikään tekniikan ihmelapsi, korkeintaan ihmelapsi ilman tekniikkaa, mutta sen verran tiedän, ettei laakereissa ole mitään renkaita, mitkä olisivat kuluvia osia. Jos laakeri kuluu loppuun, koko laakeri vaihdetaan. Tai koko pumppu. Ja voin myös mennä takuuseen, että tuon kokoisen pumpun laakerit painavat enemmän kuin se laatikko.

9. VATSAVAIVOJA

Etsiväkaverukset kotiutuivat ja nukkuivat aamupäivän.

Pöltsi heräsi auringon kuumottaessa nenänpäätä. Hän kömpi sängystä ja suunnisti katsomaan, onko keittiössä tarjolla myöhäisen aamupalan korviketta. Kaapista löytyi sämpylä. Se sai kelvata. Päivän lehti lojui keittiön pöydällä. Pöltsi tuuppasi sitä sivummalle ja istahti pöydän ääreen. Puraistessaan sämpylää hänen huomionsa kiinnittyi lehteen. Etusivu oli täynnä mainoksia, mutta seuraavan sivun reuna pilkotti välistä. Sivun reunassa erottui sana "Ykkösellä". Pöltsi nosti sivun reunaa nähdäkseen uutisen kokonaisuudessaan.

Sämpylä jäi pöydälle, kun Pöltsi ampaisi ylös, haali nopeasti lähimmät löytyneet vaatteet ylleen ja syöksyi ulos ja Pultin ovelle.

Pöltsi sai jyskyttää ovea tovin, ennen kuin uninen Pultin pää ilmestyi ovenrakoon.

- Vieläkö olit nukkumassa? Nyt äkkiä matkaan! Kiireesti! Tule jo! Hopihopi!
- Minäkö? ällisteli Pultti. – Minne nyt on tämmöinen hoppu keskellä yötä?
- Nyt on päivä. Tule nyt. Selitän matkalla!
- Millä matkalla? Minne lähdemme?
- Tule nyt äläkä kysele! Nyt on tilanne päällä!

Kesti minuutin, kunnes Pultti sai itsensä liikkeelle. Etsiväkaverukset lähtivät kohti keskustaa. Pultti yritti unensekaisin askelin seurata Pöltsin perässä.

- Ollaanko nyt matkalla? sai Pultti kysyttyä parin kadunkulman jälkeen.
- Ollaan.
- Siis selitä!
- Mennään Rasva-Repelle tietenkin. Etkö ole lukenut lehtiä?
- En ole lukenut. Juurihan minut herätit.
- No jospa lukisit. Lukeminen sivistää.

Pöltsi työnsi mukaan ottamansa lehden Pultille. Pultti avasi lehden ja etusivun uutinen levittäytyi hänen silmiensä eteen.

HUMPULAN TERVEYSKESKUKSESSA KAAOS

Vatsatautiepidemia uudella sisävesilaiva Humpukka Ykkösellä. Lähes kaikki risteilyllä olleet ovat sairastuneet vakavaan vatsatautiin.
Taudin lähteeksi epäillään laivalla risteilyvieraille tarjoiltua ruokaa.

Pöytä numero neljä Rasva-Repen grillin edessä oli varattu. Rasva-Repe istui pöydän ääressä ja nojasi kyynärpäihinsä. Kaikki toimeliaisuus ja elämänilo näyttivät hänestä kaikonneen. Etsiväkaverukset seisahtuivat pöydän ääreen.

- No terve! Mikä fiilis? töksäytti Pultti. Tilannetaju ei ollut hänen vahvimpia puoliaan.
- Joko olet kuullut uutiset? kysyi Pöltsi, ikään kuin se ei olisi näkynyt jo kadunkulmasta saakka.

Rasva-Repe kohotti päätään. Etsiväkaverukset panivat merkille, että kyyneleet olivat jo uurtaneet keskimääräisen laskuojan kokoiset purot hänen poskilleen.

- Mitäs luulette? Tämä on katastrofi. Maailmanloppu. Tai ainakin grillin loppu, ja grilli on koko minun maailmani. Tämä tapaus tuhoaa koko bisnesurani paikkakunnan ykköskokkina!
- No no. Äläpäs nyt noin masennu. Joku pöpö tai basilli saattaa livahtaa väärään paikkaan kenellä ja milloin tahansa. Kyllä sinun asiakkaasi sen ymmärtävät, lohdutti Pöltsi.
- Kiitti vaan, vastasi Rasva-Repe lakonisesti. – Tuntuu vaan pahalta, kun yhtäkkiä paikka on täynnä hygieniaintoilijoita, jotka syynäävät jokaista kauhaa ja koloa semmoisella "ei kelpaa"-katseella ja kyselevät joka asiasta ja ottavat näytteitä joka paikasta. Hyvä ettei putkaan kyörätä ja sormenjälkiä oteta.
- Joko täällä on tutkijat käyneet? kyseli Pultti vuorostaan.
- Vain yksi, mutta sitäkin pahempi. Jostain elämäntarvikeviraston laboratoriosta sanoi olevansa.
- Joko se meni?
- Ei. Tuolla se on sisällä. Hän se minutkin heitti ulos juuri äsken. Sanoi epäilevänsä, että saattaisin sabotoida näytteenottoa.
- Se nyt sellaista viranomaisen tärkeilyä, tyynnytteli Pöltsi. - Olitko jo tiskannut eiliset padat ja pannut?
- En ollut vielä ehtinyt.
- Ehkä se on hyvä, päätteli Pultti. – Siten he saattavat päästä jäljille mistä pöpö on peräisin.
- Sikäli kuin se tieto minua enää pelastaa! parahti Rasva-Repe ja repesi vuolaisiin kyyneliin, jotka hetkessä saivat poskille uurtuneet laskuojat tulvimaan.
- Totuus helpottaa aina, lohdutti Pöltsi ja ojensi Rasve-Repelle kourallisen servettejä hänen omalta tiskiltään. Servettien tultua kyllästetyksi kyynelillä niisti Rasve-Repe niihin vielä nenänsä ja päätti sen jälkeen taas tyyntyä hiukan.
- Osaatko itse epäillä mitään? tiedusteli Pultti varovasti.

Rasva-Repe näytti olevan puhkeamaisillaan uuteen kyyneltulvaan saaden Pultin haalimaan ulottuville lisää lautasliinoja. Hän onnistui kuitenkin pidättäytymään uudesta tunnereaktiosta.

- En tiedä. En yhtään osaa arvata mistä tässä on kysymys. Paitsi tietenkin siitä, että johonkin on mennyt joku mahatautivirus.
- No aloitetaan sitten peruskysymyksistä, huokaisi Pöltsi – Ensiksi, mitä täältä vietyjä ruokia sinulla siellä laivalla oli tarjolla?
- Kiitos kun yritätte auttaa, huokaisi Rasva-Repe takaisin. - Ei se kuitenkaan ratkaise asiassa mitään, jos te kyselette mitä…
- Minä kysyin mitä siellä oli! keskeytti Pöltsi. - Ole kiltti ja kerro meille.

Rasva-Repe suoristi selkäänsä ja alkoi muistella.

- Ei siellä ollut mitään merkillistä. Perunamuusia, nakkeja, lihapullia ja salaattia. Leipää ja sämpylöitä. Juotavaksi vettä, maitoa ja kotikaljaa. Ruokatarpeet ostin tuosta lähikaupan Hituselta.
- Kaikkiko?
- Niin.

Rasva-Repe antoi päänsä vaipua jälleen käsiensä varaan. Pöltsi päätti vältellä seuraavaa kyyneltulvaa, ja sen sijaan mietti hetken.

- Me söimme yöllä leipää, sämpylöitä ja makkaraa, emmekä sairastuneet. Joten ne olivat puhtaita.
- Oli siellä jäljellä pari nakkia ja lihapullaakin, muisteli Pultti.
- Ne makkarat eivät olleet minulta, ne olivat miehistön omaa muonaa ja olivat laivassa jo ennestään. Kaiken muun minä toin sinne. Ja muut vein poiskin, paitsi leivät ja sämpylät. Ja

maidon ja kotikaljan, jotka tuli juotua kaikki, loppuivat
vähän keskenkin. Ja ne pari nakkia ja lihapullaa, jotka jätin
teitä varten.
- Jaa, no se jättää jäljelle salaatin ja muusin, päätteli Pultti. –
Olettaen, ettemme me sairastu myöhemmin, mutta nyt tuntuu
ihan hyvältä. Siis siinä mielessä.
- Ai juu, ne perunat, muisti Rasva-Repe äkkiä. – Ne eivät olleet
kaupasta. Ne olivat paikalliselta Pottulan tilalta. Tai niin Veli
ainakin sanoi. Hän haki ne ja teki itse perunamuusin.

Pöltsi valpastui. Hän muisti taas, kuinka etsiväkaverukset olivat
yllättäneet Veli Tulpan perunamuusikattilan ääreltä, ja kuinka
Pöltsi oli nähnyt perunamuusia Veli Tulpan käsivarressa.

- Keittiömestari Tulpasta puheenollen, missä hän mahtaa
oleskella nyt?
- En tiedä, vastasi Rasva-Repe. – Tänään ja huomenna laivalla
on bingo- ja tanssiristeilyt. Niihin ei tarvita muonitusta, joten
annoin Velille pari vapaapäivää.
- Jassoo. Tiedätkö niistä perunoista mitään tarkemmin?
Olivatko viimevuotisia vai uusia?
- Kuules nyt. Jos minä olen ollenkaan ajan kulusta perillä, niin
nyt on kesäkuun alku. Ei tähän aikaan vuodesta näillä
tienoilla vielä uusia perunoita saa mistään. Ja jos niitä olisi
ollut, ne olisi tarjottu keitettyinä Humpuveden muikkujen ja
Velin yrttien kera. Niistä en olisi teettänyt muusia.
- Niitä Pottulan viime vuoden perunoita ovat monet ihmiset jo
syöneet monta kuukautta. Ei niissäkään silloin voi mitään
pöpöjä olla, päätteli Pöltsi. – Minun mielestäni jäljelle jää
salaatti.
- Älä nyt, toppuutteli Pultti. – Pottulan perunoissa ei varmasti
ollut mitään vikaa, mutta muusi tehtiin niistä vasta täällä.

Voihan olla, että pöpöt lisättiin perunamuusiin siinä vaiheessa.

- Lisättiin? havahtui Pöltsi. – Vihjaatko, että laivan koko vierasjoukko myrkytettiin tahallaan?
- No en nyt suorastaan, lievensi Pultti. – Tahallaan tai vahingossa, mutta se on voinut tapahtua täällä.
- Tai jopa laivalla, yhtyi Pöltsi. – Olisiko laivalla joku päässyt käsiksi sapuskoihin ja voinut lisätä niihin jotakin?

Rasva-Repe mietti hetken.

- En usko. Kyllä ne olivat koko ajan valvonnassani. Ainoastaan kapteeni ja neiti Aalto kävivät hakemassa syötävää. Niin kuin tapana on.
- Olitko itse silloin paikalla koko ajan?
- Ihan tarkasti en muista. Varmasti kävin jossain välissä saniteettitilassa, mutta en tiedä kävikö kukaan sillä välin keittiössä.

Tarkastajan näköinen henkilö tuli grillistä ulos mukanaan kasa näytepusseja. Hän pysähtyi ovella ja heitti ylenkatsovan silmäyksen pöydässä numero neljä istuvaan kolmikkoon.

- Voitte mennä takaisin sisään. Mutta pitäkää grilli suljettuna asiakkailta, kunnes tulokset valmistuvat. Siihen ei mene kauan, tiedotamme teille kyllä heti kun tulos selviää.

Rasva-Repe kohotti toista silmäkulmaansa ja nyökkäsi kevyesti sillä tarkastajalle.

- Anteeksi, sanoi Pöltsi väliin saaden tarkastajan jähmettymään juuri kun hän oli jo nousemassa autoonsa. – Otatteko näytteet myös laivalta? Siellähän oli ainakin aamulla paikat täynnä likaisia astioita.

Tarkastaja katsoi etsiväkaveruksia arvioivasti, miettien ovatko pojat vastauksen arvoisia. Ilmeisesti hän päätteli etsiväkaverusten olevan Rasva-Repen läheisiä, koska vastasi kuitenkin.

- Olette laivalta siis? No jos se teitä kiinnostaa, niin kävimme siellä jo. Ne näytteet ovat olleet labrassa jo muutaman tunnin. Tuloksetkin niistä saadaan pian.

Pöltsi nyökkäsi. Tarkastaja kömpi autoonsa ja kaasutti tiehensä.

- No niin, kiteytti Pultti. – Pannaanko pystyyn pieni veikkaus: Salaatti vai muusi?
- Veikkaan salaattia, vastasi Pöltsi. – En oikein luota Veli Tulpan muusiinkaan, mutta yleensä pöpöt silti viihtyvät paremmin salaateissa.
- Minä taas olen muusin puolella, kallistui Pultti.
- Veikatkaa mitä tykkäätte, sanoi Rasva-Repe. – Minua se ei lohduta. Pistän tästä seuraavaksi lapun luukulle ja lampsin kotiin pillittämään.
- Kuulepas nyt. Oli syy missä ja kenessä tahansa, teemme parhaamme selvittääksemme mitä oikein on tapahtunut ja miksi, lohdutti Pöltsi ja taputti Rasva-Repeä olkapäälle.
- Kiitos teille siitä, huokasi Rasva-Repe, otti taskustaan kynän, tiskiltä paperipalan ja kirjoitti siihen rasvaisella käsialalla:

"Grilliravintola suljettu toistaiseksi

viranomaisten määräyksestä".

10. SALAATTI VAI PERUNAMUUSI?

Etsiväkaverukset jäivät vielä Rasva-Repen poistuttua istumaan pöytään numero neljä. Hetken aikaa kului hiljaisuuden vallitessa. Kumpikin pohdiskeli, Pöltsi syntynyttä mysteeriä, ja Pultti taas miten korvaisi väliin jääneen aamupalan.

- Mitä arvelet, kysyi Pöltsi lopulta. – Liittyvätkö viimeöinen varaosapaketin toimitus ja tämä vatsatautiepidemia jotenkin toisiinsa?
- Miten ne voisivat liittyä toisiinsa? ihmetteli Pultti. – En minä näe niillä mitään yhteyttä.
- En minkään muuten, mietiskeli Pöltsi. – Paitsi että kaupunkiin ilmestyy kaksi uutta vähän omituista henkilöä, ja molempien työmaalla sattuu heti jotakin epätavallista.
- Omituiset ihmiset, omituiset tapahtumat, totesi Pultti. – Mutta ei ne henkilöt ja tapahtumat mitenkään kuulu yhteen.
- Ehkä ei, mutta sellainen kutina minulla vähän on, enkä voi sille mitään.
- Voithan sinä raapia, jos kutittaa.

Pöltsi mietti taas hetken.

- Yhdellä tavalla me voisimmekin raapia, hän sanoi sitten.
- Me? Ei vaan sinä. Minulla ei ole kutinoita. Minulla on nälkä. En ole saanut mitään syötävää vielä tänään.
- Sanotaan sitten niin, että on yksi kääntämätön kortti, jonka voisimme kääntää.
- Joka on mikä?
- Meidän pitää löytää punainen pakettiauto.

- Ai niinkö? Helppo homma. Sellainenhan voi piileksiä missä tallissa tahansa. Emmekä tiedä edes merkkiä tai rekisterinumeroa.
- Joku ihan tavallinen se oli, eikä kovin uusi enää. Tunnistan sen kyllä, jos siihen törmään.
- Mistäs sitten aloitetaan etsiminen?
- Haetaan fillarit ja käydään satamassa. Jos se asuntovaunu siellä on auki, niin voidaan katsoa saako sieltä jotakin syötävää, heitti Pöltsi syötin, johon Pultti tarttuikin heti.
- No sitten. Mennään jo.

Satamalaiturilla kaikki näytti normaalilta. Humpukka Ykkönen kellui laiturissa. Vierellä oli pari autoa. Asuntovaunu oli paikallaan. Pultti kaarsi polkupyörällään välittömästi asuntovaunun luokse ja pysähtyi sen eteen tarkistaakseen, onko vaunusta saatavissa ruokapalvelua. Vaunun palveluluukku oli tällä kertaa todellakin auki. Pultin leuka loksahti auki, kun hän näki myyntiluukussa Rasva-Repen kasvot.

- Mitä ihmettä? Miten sinä nyt täällä olet? Juurihan lähdit kioskiltasi.
- Minun työmatkani pituutta ei mitata minuuteissa vaan sekunneissa, vastasi Rasva-Repe, joka ei ollut ollenkaan hämmästynyt etsiväkaverusten näkemisestä. - Eikä kilometreissä, vaan askeleissa. Normiaskelluksella 125 askelta per suunta. Olin aika pian kotona. Ja heti kun pääsin ovesta sisään, niin kapteeni soitti saman tien. Sanoi, että nyt kun terveystarkastaja on määrännyt ruokatarjoilun keskeytettäväksi sekä grillilläni kaupungilla että laivassa, niin voisin tulla tänne kioskimyyjäksi. Ja minähän tulin heti. Täällä on paljon mukavampaa istua katselemassa ihmisiä kuin möllöttää yksin kotona.

- No niinpä tietenkin, sanoi Pöltsi. – Onko näkynyt mitään merkillistä? Tai ylipäänsä mitään?
- Ei sitten mitään. Kuka tänne tulisi, paitsi te kaksi, kun kukaan ei vielä edes tiedä, että täällä on kioski auki? vastasi Rasva-Repe.
- Älä nyt eksy asiasta, moitti Pultti Pöltsiä. – Meidänhän piti tulla aamupalan korvikkeelle. Eli mitä sinulla on täällä myynnissä?

Rasva-Repe huokaisi.

- Haluatko liput bingo- vai tanssiristeilylle? hän kysyi Pultilta. – Molempia löytyy vielä runsaasti.
- En halua, vastasi Pultti kuivasti. – Saamme muutenkin lusia tuossa paatissa ihan tarpeeksi. Eikö ole mitään syötävää?
- Minä voisin ottaa yhden suklaatuutin, kuului kumea ääni etsiväkaverusten takaa.

Kapteeni Kampi oli vaivihkaa ilmestynyt kioskille etsivä-kaverusten selkien taakse.

- Kas kapteeni, huomasi Pöltsi. – Miten tänään menee? Joko tutkijat kävivät laivassa?
- Kyllä vain. Yksi näytteen ottaja kävi monta tuntia sitten, vastasi kapteeni.
- Määräsikö hän laivan karanteeniin? tiedusteli Pultti.
- Ei onneksi koko laivaa, vastasi kapteeni. – Risteilyt jatkuvat, kunhan siivoamme ja desinfioimme laivan tänään ennen lähtöä huolellisesti. Ruokatarjoilu on kielletty toistaiseksi, mutta onneksi nyt on ohjelmassa sellaisia risteilyjä, joilla ei ruokailua olisi muutenkaan. Ja jos haluaisimme, voisimme tarjota syötävää tässä pihalla, sitä hän ei hoksannut kieltää.
- No varmaankin hyvä niin, arveli Pöltsi. – Meinaan, että matkustajat saattaisivatkin nyt suhtautua ruokailuun vähän

epäilevästi. Olitteko jo ehtineet tiskata lautaset ennen kuin tarkastaja tuli?

- Tiskaus oli hyvässä vauhdissa, mutta sen verran kesken, että hän ehti saada näytteet. Hän olisi halunnut näytteet eri puolilta salonkia, mutta lautaset olivat jo menneet keittiössä sekaisin. Sitä tietoa hän ei saanut.

Pöltsi nyökkäsi. Pultti avasi suunsa, mutta ei ehtinyt keskeyttää kapteenia.

- Niin, saisinko sen jäätelön, hän pyysi Rasva-Repeltä, joka oli tällä välin jo ehtinyt kaivaa suklaatuutin pakastealtaastaan.
- Niin, ja mitä muuta täältä saa? pääsi Pultti lopulta kysymään Rasva-Repeltä. Häntä alkoi jo tympiä pelkkä vatsataudin vatvominen.
- Ei ole paljon ehditty tänne mitään taikomaan, vastasi Rasva-Repe. – Sämpylät voin teille tehdä. Sitten on jäätelöä, kahvia ja mehua. Makkaraperunoita minulla ei täällä ole, koska täällä ei pysty kokkaamaan mitään.
- Se sopii. Anna sämpylä ja mehu, pyysi Pultti.
- Selvä, sanoi Rasva-Repe ja katsoi kysyvästi myös Pöltsiin, joka nyökkäsi takaisin. Sanoja tilauksen tekemiseen ei tarvittu.

Kapteeni Kampi oli jo lähdössä takaisin laivalleen, mutta pysähtyi parin askeleen päässä ja kääntyi etsiväkaveruksiin päin.

- Ai niin. En oikein tiedä, paljonko tämä teitä kiinnostaa. Siellä elintarvikelaboratoriossa oltiin nopeita. Sieltä minulle soitettiin juuri äsken, hän sanoi. – Saivat jo jotakin selville. Ainakin osittain.

Etsiväkaverukset valpastuivat.

- Oliko se salaatti? kysyi Pöltsi.
- Vai muusi? jatkoi Pultti.

Kapteeni katsoi molempiin vuorotellen.

- Olette hyviä päättelemään. Kyllä se oli perunamuusi. Joku
vatsatautivirus sieltä löytyi. Sanoivat sen nimenkin, mutta se
oli joku ulkomaan kielinen nimi, eivätkä vierasperäiset nimet
jää minun muistiini. Pitivät sitä outona, eihän tällä seudulla
ole ollut mitään epidemiaa. Eikä oikein koko Suomessakaan.
Tiesivät, että itä-Suomessa Pipovaaralla on ollut pari
yksittäistä tapausta, mutta ei sen enempää sielläkään.
- Vai niin se sitten oli, tuumi Pultti. – Ehkä se oli vain onneton
sattuma.
- Niin varmaan, sanoi kapteeni. – Illalla nähdään! Vai tuletteko
bingoon?
- Itse asiassa voisimme… aloitti Pöltsi.
- Tulemme sitten illalla, keskeytti Pultti.
- Selvä. Kymmeneltä sitten.

Kapteeni Kampi kääntyi ja lähti jäätelöineen takaisin laivaansa.

11. TULPPAPAKU

- Miksi olisit halunnut tunkea meidät mukaan bingoristeilylle? ihmetteli Pultti.
- Ja miksi sinä halusit, että emme mene? ihmetteli Pöltsi takaisin.
- Ensinnäkin siksi, että emme me siellä mitään tee, vastasi Pultti.
- Minä taas ajattelin, että voisi olla hyvä nähdä laivaa toiminnassa, perusteli Pöltsi.
- Toiseksi siksi, että olimme etsimässä punaista pakettiautoa, enkä mitenkään usko, että se löytyy tuolta laivasta, jatkoi Pultti.
- Punainen pakettiauto on oljenkorsi, sanoi Pöltsi. – En tiedä, onko se lopultakaan kovin tärkeä. Laivasta voisimme löytää parempia johtolankoja.
- Kolmanneksi siksi, ettei huvita, väitteli Pultti edelleen.
- Ei tässä huvittamista kysytä. Meillä on tapaus selviteltävänä, muista nyt pitää katse pallossa.
- Se on Tulpan, pisti väliin Rasva-Repe, joka kioskistaan kuunteli etsiväkaverusten kinastelua.

Väittely taukosi ja molemmat etsiväkaverukset katsoivat kioskin luukkuun.

- Niin että mitä? kysyi Pöltsi.
- Niin että Veli Tulpalla on punainen pakettiauto, vahvisti Rasva-Repe uudestaan.
- Onko tosi? ihmetteli Pulttikin.

- Juu juu, nyökytteli Rasva-Repe. – Se on Veli Tulpan auto. Mitä ihmeellistä siinä on? Tavallinen punainen pakettiauto. Keskipitkä Touhotin.

Seurasi hetken hiljaisuus etsiväkaverusten yrittäessä mielessään sijoittaa tätä uutta tietoa tapahtumapalapelin oikeaan kohtaan. Se ei oikein tuntunut sopivan.

- Sinulla on jäätelöä siellä? kysyi Pultti lopulta. – Annatko isoimman tuutin mitä löytyy.
- Yksi vai kaksi? kysyi Rasva-Repe.
- Anna kaksi, sanoi Pöltsi. – Mutta nyt minä en ihan ymmärrä. Muistatko kun kävimme kioskillasi? Muistatko kun menimme keittiön puolelle? Ovi oli auki takapihalle. Tämä auto lähti pihasta, ja sinä vedit oven kiinni. Luulen että teit niin siksi, ettei pöly tulisi sisään.
- Muistan minä, sanoi Rasva-Repe ja ojensi kaksi jäätelötuuttia luukusta. – Muistan kun auto lähti. Ja muistan vetäneeni oven kiinni. Mitä sitten?
- Veli Tulppa oli silloin keittiössä. Kuka siis ajoi autoa?
- Sitä minä en tiedä, vastasi Rasva-Repe. – Luulen, että joku lainasi sitä häneltä.
- Tuotiinko autolla silloin jotakin ruokatarpeita ravintolaan? kysyi Pultti.
- Ei minun tietääkseni, vastasi Rasva-Repe. – Ei tuotu, koska auto ei tullut ollenkaan, vaan pelkästään lähti. Veli Tulppa oli tullut sillä töihin aamulla. Mutta miksi tämä auto kiinnostaa teitä niin kovasti?
- Viime yönä se kävi täällä. Tai ainakin luulemme, että se oli sama. Sillä tuotiin paketti laivaan, jonka piti sisältää pumpun varaosia.
- Tjaa, venytteli Rasva-Repe. – Se tosiaan saattaa tuntua vähän kummalliselta. Etenkin jos asiaa vähänkään enemmän yrittää

ajatella. Mutta eipä tuo ajattelu ole minun alaani, vaan makkaraperunat. Minun mielestäni se yhtä kaikki on Veli Tulpan auto, jota hän käyttää normaalina liikkumisvälineenään, niin kuin ihmiset tavallisestikin autojaan käyttävät. Vaikka enhän minä sen auton kaikista liikkumisista mitään voi tietää, en yöllisistä, enkä muistakaan. Yöllähän minä olin kotona nukkumassa.

- Mutta omituista tämä on silti, puuttui Pultti puheeseen. – Hyökyhän sepitti omasta päästään tarinan, että se on jonkun pienen varaosafirman auto. Tai varaosafirman käyttämän stupparin auto. Ja nyt osoittautuukin, että se on Veli Tulpan auto. Onko siis Veli Tulpalla varaosafirma? Tiedätkö mitä hän teki työkseen, ennen kuin pestasit hänet keittiöösi?
- Omien sanojensa mukaan hän on opiskelija, siis opiskellut kokiksi, vastasi Rasva-Repe. – Mutta ei hänellä mitään papereita mistään kokkikoulusta ollut. Minulle jäi sellainen käsitys, että opiskelu jäi hänellä kesken siinä vaiheessa, kun hän kiinnostui sienistä, ja kokkikoulussa ei ollut sienitieteen erikoistumislinjaa. Niinpä hän lopetti koulussa istumisen ja siirtyi itseopiskelun saralle. Ja sitten hän ehti kai olla jonkun aikaa työttömänäkin.
- Vai niin, tuumi Pöltsi. – Muutenhan tuo kuulostaisi loogiselta, mutta yksi epäkohta siinä on. Jos omistaa laillisesti firman, ei voi olla samaan aikaan työtön. Ainakaan työttömyyskorvauksia ei silloin heru.
- Eli tässä on nyt monta eri vaihtoehtoa, päätteli Pultti. - Joko firmaa ei ole, tai Veli Tulppa ei ollut oikeasti työtön. Tai sitten firma on olemassa, mutta se on jonkun toisen nimissä. Ja sitten on sekin vaihtoehto, että kyseessä on kuitenkin kaksi eri autoa. Tutkintalinjoja riittää.
- Ja jostakin on jatkettava, sanoi Pöltsi. - Minä en oikein usko yhteensattumiin, joten jospa jätetään sellaiset aluksi sivummalle. Pikemminkin olen taipuvainen uskomaan, että

Hyöky puhuu pötyä. Veli Tulppa sitten taas on omituinen persoona ja sellaisenaan mysteeri, joka voi hyvinkin hääräillä sitä sun tätä. Hänen puheistaan en voi kuitenkaan sanoa mitään enempää, koska hän ei meille ole puhunut mitään.

Pultti mietti asiaa hetken, kunnes kääntyi Rasva-Repen puoleen.

- Kuulepas, pystyisitkö sittenkin järjestämään meille kaksi pilettiä tämän illan bingoristeilylle?

12. BINGO

Sini Aalto irrotti Humpukka Ykkösen köydet leiturin pollareista yhtä ketterästi kuin oli ne edellisenä iltana kiinnittänytkin. Hän loikkasi gasellimaisen notkeasti kannelle ja Laiva alkoi samalla loitota laiturista. Kapteeni Kampi katseli tapahtumaa komentosillaltaan, käänsi kahvaa eteenpäin ja veivasi ruoria. Vesi alkoi kuohua aluksen perässä, ja Hupukka Ykkönen otti kurssin kohti järven selkää.

Kyytiin oli noussut muutama kymmenen matkustajaa, mukaan lukien Pultti ja Pöltsi. Salonkiin oli ruokailun vaatiman noutopöydän sijasta pystytetty pöytä, jonka päällä oli metalliverkkoinen veivattava pallo, jonka sisällä oli laskematon määrä pieniä bingopalloja. Kaikki oli siivottu, kiillotettu ja desinfioitu. Laiva hohti puhtauttaan ja tuoksui desinfiointiaineelle.

Etsiväkaverukset etsivät paikkansa tilan nurkasta läheltä sisäänkäyntiä. Se oli helppoa, koska matkustajia oli suhteellisen vähän, ja bingoilun kannalta parhaat paikat varattiin ensin. Etsiväkaveruksilla ei kuitenkaan ollut aikomustakaan osallistua bingoon.

Sini Aalto piti aluksi hetken aikaa kioskia keittiön oven lähellä. Jotkut matkustajista halusivat ostaa jotakin juotavaa. Kun ostajia ei enää ilmaantunut, hän siirtyi bingopallokoneen ääreen ja toivotti matkustajat tervetulleiksi tälle Humpuveden historian ensimmäiselle bingoristeilylle, kertoi pääpalkinnosta, joka oli vapaalippu seuraavalle bingoristeilylle, ja lohdutuspalkinnoista, jotka olivat kahvipaketteja suoraan Hitusen tukusta. Sen jälkeen hän kehotti matkustajia noutamaan bingokuponkinsa häneltä, minkä jälkeen bingoilu saattoi alkaa.

Etsiväkaverukset seurasivat touhua hetken, kunnes Pöltsi kallistui Pultin puoleen ja sanoi:

-   Onkohan nyt niin, että laivassa ei nyt ole muuta miehistöä kuin kapteeni ja Hyöky?

Pultti mietti hetken.

-   Ei ainakaan näy ketään muuta.
-   Ja, jatkoi Pöltsi. – Hyöky pyörittää tuossa pallokonettaan, eikä poistu siitä minnekään niin kauan kuin bingo on kesken, ja kapteenin taas on pakko pysytellä ylhäällä ohjaamassa laivaa.
-   Hetkittäin minä ihailen noita älynlahjoja, vastasi Pultti. - Näinhän se nimenomaan on, sellaiset on heidän toimenkuvat.
-   Joten, jatkoi Pöltsi edelleen Pultin piikittelystä välittämättä. – Muualla laivassa siis ei ole ketään miehistön jäseniä.
-   Ei ole.
-   Joten menisimmekö hieman tutkimaan konehuonetta? Minua kiinnostaa nähdä, minne se varaosalaatikko on joutunut.

Pultti nyökkäsi. He liukenivat tuskin havaittavasti paikoiltaan ja laskeutuivat aulan portaikkoa pitkin alimmalle kannelle. Koneiston meteli kuului siellä huomattavasti kovemmin kuin ylhäällä salongissa. Pultti tarttui konehuoneen ovenkahvaan ja painoi sitä, mutta se ei antanut periksi. Ovi oli lukossa.

-   Tietenkin, puuskahti Pultti. – Totta kai tämä on lukossa, eihän matkustajia saa päästää konehuoneeseen.

- Mutta onneksi meillä on avain, keksi Pöltsi. – Avaimethan ovat tuossa päivähytissä, jollei kukaan ole vienyt niitä.
- Aivan. Ja jollei päivähytin ovi ole lukossa, sanoi Pultti.

Päivähytin ovi ei ollut lukossa. Avaimet olivat siellä, juuri niin kuin ne olivat etsiväkaverusten jäljiltä jääneet. Pultti otti avaimet. Niitä oli samassa nipussa muutama. Pultti ei ryhtynyt päättelemään, mikä niistä olisi konehuoneen avain, vaan kokeili niitä oveen yksi kerrallaan. Kolmas avain upposi lukkopesään ja kiertyi siinä vastustamattomasti, ja konehuoneen ovi naksahti auki. Pultti raotti ovea, ja koneiston meteli pääsi tulvahtamaan aulaan. Melusta pelästyneenä Pultti painoi oven uudelleen kiinni.

- Livahdetaan nopeasti sisään, ennen kuin joku kuulee meidät, hoputti Pöltsi.

Pultti laski mielessään kolmeen ja raotti ovea jälleen. Litteän sulavasti kuin kaksi lahnaa etsiväkaverukset solahtivat konehuoneen puolelle.

Meteli konehuoneessa teki normaalin keskustelun mahdottomaksi. Niinpä etsiväkaverukset keskittyivät tutkimaan, osuisiko ympäristössä silmiin muuta tavallisesta poikkeavaa. Edellisyönä laivalle tullutta varaosalaatikkoa ei näkynyt. Pitkään eivät etsiväkaverukset sitä yrittäneetkään etsiä, koska jos se olisi konehuoneessa ollut, se olisi kokonsa puolesta löytynyt helposti. Sen sijaan molemmat alkoivat silmäillä mahdollisia jälkiä Hyökyn tekemästä pumppuremontista, muistellen myös miltä paikat näyttivät viime yönä.

Kaikki näytti samalta kuin ennenkin. Hetken katseltuaan Pultti kuitenkin huomasi jotakin. Hän tökkäsi Pöltsiä kylkeen ja huusi hänen korvaansa:

- Katso. Tämä kansi on peitetty kulkuteiden osalta teräslevyillä. Nämä levyt ovat kiinni ruuveilla, mutta tuolla nurkassa on yksi levy, josta ruuvit puuttuvat.

Pöltsikin äkkäsi Pultin tarkoittaman levyn. Hän nyökkäsi ymmärryksen merkiksi ja huitoi käsillään osoittaen halukkuutensa tutkia asiaa lähemmin. Etsiväkaverukset kumartuivat teräslevyn äärelle ja yrittivät saada sormiaan ujutettua johonkin koloon, jolla nostaisivat levyn pois paikaltaan. Levy oli kuitenkin tarkalleen mittojen mukaan tehty, eikä ylimääräistä tartuntakoloa ollut. Pöltsi silmäili ympärilleen etsien jotakin kättä pidempää avuksi, sorkkarautaa tai ruuvimeisseliä tai muuta sopivaa työkalua, millä saisi levyn reunaa nostettua. Lopulta hän kuitenkin levyn tukiraudan toiselta puolelta sai käden juuri ja juuri mahtumaan levyn alle, ja sitä kautta hän pystyisi kohottamaan levyn reunaa.

Toiminnan hetkellä hän kuitenkin alkoi empiä. Hän vilkaisi epäluuloisena ympärilleen ja kurkottautui Pultin korvaan.

- Pitäisikö varmuuden vuoksi tarkistaa vielä, että Hyöky on edelleen kiinni bingokoneessaan. Ettei hän yllätä meitä täältä keskcn kaiken tonkimassa.

Pultti nyökkäsi ja siirtyi konehuoneen ovelle. Hän livahti ovesta ulos aulaan. Kesti hetken kunnes hänen korvansa tottuivat hiljaisempaan ympäristöön. Sitten hän erotti yläkerrasta Sini Aallon heleän äänen:

- Punainen kuusitoista, keltainen kaksi.

Bingo oli selvästikin käynnissä ja työllisti Sini Aallon täysin estäen häneltä Hyökyn roolin, joten Pultti pujahti takaisin konehuoneeseen. Hän näytti sormillaan Pöltsille "OK"-merkin ja siirtyi avuksi nostamaan teräslevyä. Pöltsi työnsi kätensä tukiraudan taitse levyn alle ja punnersi. Levy oli yllättävän raskas, mutta Pöltsi sai sitä sen verran kohotettua, että Pultti sai kätensä levyn reunan alle. Sen jälkeen Pöltsikin tarrasi kiinni levyn reunaan ja yhdessä etsiväkaverukset nostivat levyä uteliaina ja hitaasti kuin aarrearkun kantta.

Konehuonetila levyn alla näytti jokseenkin siltä miltä pojat kuvittelivatkin konehuoneen pohjatason näyttävän. Muutamia vanhoja öljyisiä putkia risteili edestakaisin, juuri muuta erikoista siellä ei näyttänyt olevan. Erityisesti etsiväkaverukset panivat merkille, että pilssipumppua siellä ei ollut. Ei mitään muutakaan pumppua. Eikä merkkejä mistään tehdystä remontista.

Remontin jäljiltä saattaisi olettaa, että työn jäljet ja ympäristö siivotaan. Sen sijaan kannelle laivan laitalevyä vasten oli kertynyt jonkin verran roskaa. Aluksi se näytti luonnolliselta, mutta hetken roskia katseltuaan Pöltsiä alkoi mietityttää.

- Huomaatko nuo roskat? hän huusi Pultille.
- Joo, mitä niistä? karjui Pultti takaisin.
- Huomaatko roskia missään muualla?

Pultti silmäili tilan reunustoja ympärillään ja pudisti päätään.

- Ei näy. Kaikki roskat ovat kertyneet tuohon yhteen kasaan.
- Ja miten luulisit niiden siihen kertyneen? jatkoi Pöltsi karjumistaan. – Tässä on normaalisti tämä teräslevy päällä, ei tänne vahingossa mikään putoa.
- Totta, mylvi Pultti takaisin. – Jospa pöyhitään vähän tuota kasaa.

Pultti kurkotti kätensä kohti roskakeskittymää. Päällä oli trasselia ja pari öljyistä rättiä. Kahden sormen elegantilla pihtiotteella Pultti siirsi ensiksi niitä sivummalle. Niiden alta paljastui musta muovipussi, joka oli solmittu tiukasti kiinni. Pultti otti käyttöön kolmannenkin sormen, tarttui pussiin ja nosti sen kämmenelleen. Hän tunnusteli sitä kädessään. Pussin sisältö tuntui olevan pientä irrallista kovaa hilua. Pultti nosti pussia näyttääkseen löytönsä Pöltsille.

Samassa konehuoneesta sammui valot.

Pultti pelästyi ja jähmettyi paikalleen. Ympärillä oli musta pimeys, entistä korvia viiltävämmältä tuntuva meteli, ja laivan moottorin hohkaava lämpö. Pultin teki mieli huutaa Pöltsiä, mutta eihän hänen äänensä olisi kantautunut mihinkään. Pöltsi olisi kuitenkin ihan vieressä. Aivan, Pultti tunsi Pöltsin tarttuvan hänen olkapäähänsä. Sitten toinen käsi tarttui muovipussiin ja otti sen häneltä. Seuraavaksi Pultti tunsi hentoisen ilmavirran muutoksen, kun joku nousi ylös hänen viereltään. Teräskantta pitkin kantautui pari kiireisen askeleen aiheuttamaa tärähdystä. Konehuoneen ovi avautui hetkeksi ja tumma hahmo luikahti ovesta ulos.

Ovi kolahti takaisin kiinni.

13. KUKA PUSSINI VEI?

Jyskytti.

Pultin sydän jyskytti. Laivan moottori jyskytti. Pultti tunsi, että hänen ohimoillaankin jyskytti. Koko melun täyttämä pimeys tuntui jyskyttävän huumaavasti.

Mitä oli juuri tapahtunut? Oliko Pöltsi ottanut pussin häneltä ja lähtenyt konehuoneesta? Jos oli, niin miksi niin kiireesti? Olisiko Pultin pitänyt ymmärtää lähteä mukaan? Mutta eihän hän voinut noin vain lähteä, hänhän piteli yhä toisella kädellään kiinni teräksisestä kansilevystä. Mutta niinhän Pöltsinkin täytyi pitää. Pultti haparoi vapaalla kädellään ilmaa vierellään. Käsi osui johonkin orgaaniselta tuntuvaan ainekseen. Sen seurauksena Pultti tunsi, kuinka joku taputti häntä lyhyesti reiteen. Eli Pöltsi oli sittenkin yhä hänen vierellään.

Kuka sitten oli ottanut pussin häneltä? Oliko konehuoneessa ollut joku kolmaskin henkilö? Miten kummassa kumpikaan etsiväkaveruksista ei ollut huomannut häntä? Ja kuka tämä henkilö oli? Ja miksi pussi oli ollut niin tärkeä, että se oli pitänyt riistää Pultin kädestä? Käsissä oli monta kysymystä. Vastauksien sijaan käsissä oli vain teräslevyn reuna.

Pultti alkoi laskea teräslevyä takaisin paikalleen, ja tunsi kuinka Pöltsi toimi samoin. Yhdessä etsiväkaverukset saivat levyn paikalle, jossa he ainakin arvelivat sen olevan samalla lailla kuin se oli ollutkin. Sen jälkeen Pultti hapuili jälleen otteen Pöltsin kädestä, ja nousi seisomaan.

Laivan moottorin ääni muuttui. Se vaimeni hieman ja Pultti tunsi laivan kallistuvan. Laiva oli siis saapunut kohtaan, jossa kapteeni hidasti nopeutta ja muutti kurssia. Käännyttäisiinkö jo takaisin kohti Humpulaa?

Konehuoneen ovi ei ollut kuin parin askeleen päässä. Toisiaan kädestä pitäen etsiväkaverukset etenivät varovasti suuntaan, jossa tiesivät oven olevan. Pöltsi löysi ensiksi oven, painoi kädensijasta, ja ovi aukesi. Valokiila tunkeutui oven raosta sisään sokaisten etsiväkaverukset. He eivät välittäneet tästä visuaalisesta haitasta, vaan siristivät silmiään ja astuivat ovesta ulos valoisaan aulaan. Nyt he eivät enää jaksaneet huolestua mahdollisesta yläkannelle kantautuvasta melusta.

Etsiväkaverukset jäivät seisomaan aulaan.

- Mitä tapahtui? kysyi Pöltsi.
- Kerropa se minulle, vastasi Pultti. – Valot sammuivat, ja luulin ensiksi, että sinä otit pussin minulta.
- Ei, en se minä ollut, vakuutteli Pöltsi. – Minä pidin vain levyä ylhäällä ja olin ihan paikallani tekemättä mitään.
- Siinä tapauksessa joku tuli, sammutti valot, varasti pussin minulta ja häipyi saman tien, totesi Pultti. – Mutta miksi emme huomanneet, jos tuolla konehuoneessa oli joku kolmaskin?
- Ei siellä varmaan ollutkaan, arveli Pöltsi. – Olimme molemmat rähmällämme teräslevyn kimpussa emmekä enää silloin katsoneet taaksemme. Tuossa metelissä emme voineet kuulla, jos joku avasi oven ja tuli sisään. Sisään tullut henkilö näki pussin sinun kädessäsi, sammutti valot ja nappasi pussin. Valot oli sammutettava, jotta emme olisi nähneet kuka hän on.
- No kuka hän sitten on? ihmetteli Pultti.

- Ainakaan se ei ollut kapteeni Kampi, eikä se ollut Hyöky, päätteli Pöltsi. – Joten se oli joku matkustajista.
- Ja minne hän meni? Hänenhän täytyy olla täällä laivassa.
- Niin täytyy. Tuolla on muutama kymmenen matkustajaa, eikä meillä ole yhtään johtolankaa, jonka avulla päätellä kuka se saattaisi olla.

Pultti huokaisi.

- Emmekö me koskaan opi näitä juttuja? Aina meillä jotakin tapahtuu nenän edessä ilman että huomaisimme mitään.
- Jos opitaan, niin opitaan liian hitaasti, totesi Pöltsikin. – Mutta sinä ehdit vähän tunnustella sitä pussia. Osaatko yhtään arvella mitä siinä oli?

Pultti huokaisi ja mietti hetken.

- Kunpa olisin arvannut, kuinka ainutkertainen tunnustelu se oli, niin olisin osannut tunnustella tarkemmin.
- Yritä nyt muistella, kannusti Pöltsi.

Pultti huokaisi jälleen, mietti vielä hetken ja muisteli miltä pussi hänen kädessään tuntui.

- Se mitä pussissa oli, on varmaankin kääritty ensin paperiin tai johonkin. Pussin läpi ei tuntunut kovin teräviä muotoja. Siellä oli kovia esineitä. Melko pieniä. Keskenään erilaisia. Osa oli kuin jonkinlaista metallihilettä, mutta joukossa oli myös vähän isompia, sellaisia pienen pikkuleivän kokoisia litteitä esineitä.
- Oliko se painava?
- Sen kokoiseksi pussiksi se oli ennemmin painava kuin kevyt, arveli Pultti.

- Jos kuvittelet sen pussin painoa verrattuna vaikkapa siihen viimeöiseen laatikkoon, niin oliko se painavampi vai kevyempi?
- Ison laatikon painona tuo olisi ollut odottamattoman kevyt. Ymmärrän mitä ajattelet. Ja kyllä, tuo pussi olisi painonsa puolesta voinut olla siinä laatikossa.
- Nyt se on tuolla ylhäällä jollakin matkustajalla. Pussi on sen kokoinen, että se ei mahdu taskuun. Sen haltijalla täytyy olla jonkinlainen laukku. Mennään seuraavaksi silmäilemään, näkyykö siellä sopivan kokoisia laukkuja.
- Mennään.

Etsiväkaverukset kipusivat portaat ylös ja pysähtyivät salongin ovelle. Bingo oli yhä käynnissä, mutta se näytti kiinnostavan vain osaa matkustajista. Osa matkustajista keskusteli keskenään, ja osa katseli vain maisemia. Toisessa salongissa ei näyttänyt istuvan kuin yksi lapsiperhe, jonka villit tenavat huvittelivat juoksemalla ympäri salonkia vanhempiensa seuraten juoksukilpailua katseellaan. Tällä lapsiperheellä ei näkynyt mukanaan minkäänlaista kassia.

Niinpä molemmat etsiväkaverukset astuivat sisään bingosalonkiin. He yrittivät näyttää siltä kuin etsisivät vapaata istumapaikkaa, mikä oli melko teennäisen tuntuista, koska vapaita paikkoja oli runsaasti. He kävivät kuitenkin pientä teatraalista keskustelua, jonka lyhyet vuorosanat toistuivat uudelleen ja uudelleen: "Tähän? Ei siihen."

Salonki oli pian kierretty. Lopputulos oli selvillä. Parilla itseään hienona pitämällä korkokengillä ja kesämekolla varustetulla naisella oli mukanaan pieni litteä käsilaukku. Muita laukkuja tai kasseja ei näkynyt. Tulos ei tuntunut rohkaisevalta. Hienohelma ei vaikuttanut pussinryöstäjältä.

- Katsotaan vielä ylhäältä ulkokannelta, ehdotti Pöltsi. – Sielläkin saattaa olla joku maisemia ihailemassa.

Ulkokannella nojaili laivan reelinkeihin kaksi miestä. Molemmat näyttivät olevan tupakalla. Toinen ihaili samalla järvimaisemia, toista taas kiinnosti vain itsensä myrkyttäminen. Kummallakaan ei ollut kassia mukanaan. Etsiväkaverukset vetäytyivät takaisin aulaan.

- On tietenkin mahdollista, että kohtaamamme henkilö ehti tässä välissä piilottaa kassin jonnekin, arvuutteli Pöltsi edelleen.
- Niin on. Ja siihen hänellä oli hyvää aikaa.
- Minne täällä laivassa sinä piilottaisit sellaisen muovipussin, jonka sisältö olisi sinulle hyvin arvokas?
- Noh, aloitti Pultti. – En ainakaan mihinkään sellaiseen paikkaan, josta joku muu matkustaja voisi sen vahingossa löytää. Paitsi jos onnistuisin naamioimaan sen sellaiseksi, johon kukaan ei varmasti koske. Vaikka hätärakettipaketiksi tai vastaavaa.
- Siispä salonkiin sitä tuskin on piilotettu. Eikä vessaan.
- Ja miehistötiloihin matkustaja ei uskalla mennä, koska silloin hänen touhunsa huomattaisiin, siis keittiöön ja ohjaamoon.
- Mutta päivähyttiin pääsee kuka tahansa. Jos hoksaa mennä.
- Ja jos tietää valmiiksi siellä hyvän piilon. Niitähän ei siellä juurikaan ole. Konehuone oli paljon parempi piilopaikka.
- Samoin ulkokannelle voi kuka tahansa mennä. Voisin hyvin kuvitella, että joku sujauttaisi muovipussin vaikkapa pelastusliivilaatikkoon jääden sitten muina miehinä näköetäisyydelle tupakalle vartioimaan aarrettaan.
- Siispä odotamme tupakan mittaisen tauon verran, ja katsomme, onko jompikumpi tupakkamiehistä vielä asemissaan, ehdotti Pultti. – Jos emme muutakaan keksi.

- Siitä voimme aloittaa, myönsi Pöltsi.

Kymmenen minuuttia myöhemmin etsiväkaverukset kiipesivät uudelleen ylös ulkokannelle. Tilanne siellä oli muuttunut. Molemmat aiemmista tupakkamiehistä olivat poistuneet takaisin salongin puolelle, mutta sen sijaan ulkokannelle oli ilmestynyt kaksi naista ja kolmas mies. Naiset juttelivat vilkkaasti ja monieleisesti keskenään eivätkä välittäneet ympäristöstään tuon taivaallista, kun taas mies seisoi hiljaa kauempana naiskaksikosta ja katseli levollisin katsein horisonttiin. Kukaan näistä kolmesta ei vaikuttanut olevan vartioimassa mitään.

Pöltsi vilkaisi ohimennen yläkannelle sijoitettuja pelastusliivilaatikoita. Niissä oli sen näköiset salvat, ettei niihin perehtymätön henkilö osaisi niitä nopeasti avata. Lisäksi laatikot olivat tehty puurimoista, joiden läpi saattoi nähdä, että ne olivat täynnä pelastusliivejä, eikä ylimääräisiä koloja niihin jäänyt.

Aika oli kulunut yllättävän nopeasti. Etsiväkaverukset huomasivat, että Humpukka Ykkönen oli jo saapumassa takaisin Humpulan satamaan. Bingoilukin oli ilmeisesti loppunut, koska ulkokannelle alkoi siirtyä yhä enemmän väkeä. Etsiväkaverukset ymmärsivät, että mustan muovipussin etsimiseen käytettävissä oleva aika oli loppumassa.

- Hajaannutaan jälleen, ehdotti Pöltsi. – Mene sinä hyttiin katsomaan, tuleeko joku hakemaan sieltä jotakin. Minä jään tarkkailemaan poistuvia matkustajia.
- Sopii, vastasi Pultti. – Mehän jäämme laivaan kuitenkin yöksi. Jos pussi jää laivaan, meillä on koko yö aikaa etsiä sitä.
- Olen kyllä varma, että se ei jää laivaan. Se henkilö, joka sen meiltä vei, ei ota sitä riskiä, että se löydettäisiin.

Pultti katosi portaikkoon ehtiäkseen päivähyttiin ennen kuin ulospääsyä jonottavat matkustajat tukkivat tien. Pöltsi asettui hyviin tähystysasemiin kannella ja jäi seuraamaan tuttuja mänöövereja. Kapteeni Kampi ohjasi laivansa jälleen tarkasti laiturin viereen. Sini Aalto loikkasi laiturille, kiinnitti köydet ja asetti laskusillan paikalleen. Sen jälkeen hän kiitti jokaista poistuvaa matkustajaa erikseen, toivotti hyvää illan jatkoa ja tervetuloa uudelleen. Yhtä matkustajaa hän lisäksi onnitteli, tämä onnekas oli ilmeisesti voitanut bingon pääpalkinnon.

Parilla matkustajalla oli mukanaan bingosta voitettu kahvipaketti, muuta huomiota herättävää kantamusta ei kenelläkään näyttänyt olevan. Eikä myöskään isoa väljää takkia. Sellaistakaan ei kesäillassa tarvittu. Pöltsi oli havaintoihinsa pettynyt. Hän jäi miettimään, oliko hänen havaintokykynsä heikko, oliko pikku kantamus lipsahtanut häneltä ohi, vai oliko pussi sittenkin jätetty laivaan. Hän odotti reelinkiin nojaillen vielä vähän aikaa, kunnes Hyökykin poistui. Hänelläkin näytti olevan mukanaan kahvipaketti. Sekin näytti olevan tiivis, kova ja neliskanttinen, kuten kahvipaketin kuuluukin olla.

Omilla autoillaan risteilylle saapuneet matkustajat poistuivat vähitellen satamasta ja pysäköintialue tyhjeni. Vasta silloin Pöltsi huomasi tietyn auton. Kaikkien matkustajien ja Hyökynkin lähdettyä parkkialueelle jäi jäljelle tutun näköinen punainen pakettiauto.

14. YÖN SAAPUESSA ON NÄLKÄ TAAS

Pultti rynnisti portaita alas. Aula alkoi jo täyttyä matkustajista, ja Pultti joutui kohteliaasti tönimään tietään auki. Kannen alla, jossa päivähytti sijaitsi, ei sen sijaan ollut ketään. Pultti astui sisään hyttiin. Se näytti täsmälleen sellaiselta kuin se oli ollut avaimia noudettaessa vähän aikaisemmin. Pultti seisoi hetken paikallaan yrittäen havaita, näkyikö pieniäkään jälkiä ylimääräisestä vierailusta. Paikaltaan siirtyneitä tavaroita, kengän jälkiä lattiassa, outoja hajuja, yhtään mitään? Mutta hänen oli luovutettava. Kaikki oli ennallaan.

Pultti istahti sohvalle ja kuunteli päänsä päältä kantautuvaa askelten kopinaa matkustajien alkaessa poistua laivasta. Hytin pienestä ikkunasta hän katseli maihinnoususillan alapuolta, toivoen näkevänsä jotakin, mistä olisi heille hyötyä. Mutta ei. Mitään erikoista ei näkynyt. Kopinaakaan ei riittänyt pitkään matkustajien päästyä maihin. Askelten äänet vaimenivat ja loppuivat vähitellen.

Kului jälleen tovi. Pultti kuuli, kuinka Hyökykin poistui laivasta. Hänen askeleidensakin äänet poikkesivat kaikista muista. Ne eivät kopisseet, vaan tuntuivat vain juuri ja juuri havaittavasti sipaisevan laivan kantta. Pultti antoi Hyökyn poistua ajatuksistaan, ja alkoi silmäillä hytin nurkkia ja koloja sillä silmällä, missä saattaisi olla sopiva piilopaikka. Huomion varastivat kuitenkin hetken kuluttua portaista kuuluvat jyhkeät askeleet. Hytin ovi avautui ja kapteeni Kampi ilmestyi oviaukkoon.

- Huomasin, että päätitte sittenkin tulla mukaan risteilylle. Toivottavasti se ei ollut kovin tylsä, kun ette ilmeisesti osallistuneet bingoon.
- Ei suinkaan, sanoi Pultti yrittäen kuulostaa haltioituneelta. – Risteily oli monella tavoin hyvin mielenkiintoinen, tykkäsimme kovasti.
- Hauska kuulla. Pöltsi ei olekaan vielä täällä, huomasi kapteeni ja kurkisteli hytin nurkkiin.
- Hän jäi ylös kannelle, vastasi Pultti. – Tulee kyllä pian.

Samassa portaikossa tömistivätkin jo Pöltsinkin askeleet.

- No siinähän sinä, ilahtui kapteeni. – Minä tästä taas lähden maihin yöpuulle, pitäkää te huolta paatista.
- Kyllä varmasti, lupasi Pöltsi.
- Kapteeni on hyvä ja nukkuu rauhassa, vakuutteli Pultti.
- No se on moro sitten, nähdään taas aamulla, naurahti kapteeni ja poistui reippain harppauksin portaita ylös.

Etsiväkaverukset jäivät laivaan kahden.

- Huomasitko mitään tuolla ylhäällä? kysyi Pultti, vaikka näki vastauksen jo Pöltsin nuivasta ilmeestä.
- Ei mitään. Entä sinä?
- Ei ketään, vastasi Pultti. – Ainoa kiintoisa huomio oli tuo äskeinen. Kapteeni oli huomannut, että olemme mukana risteilyllä, vaikka hän itse oli koko matkan ajan ohjaamassa laivaa.
- Kai hän näki meidät ulkona kannella, arveli Pöltsi.

Pöltsi istahti Pultin viereen päivähytin sohvalle.

- Taas alkaa työvuoro, hän puuskahti.
- Niinpä. Jo toinen, huokaisi Pultti. – Alkaa vähän eri tunnelmissa kuin eilen.
- Haluatko aloittaa kierrosten tekemisen?
- Voisin käydä ylhäällä tarkistamassa, että paikat ovat kunnossa. Pidän samalla tietysti silmäni auki ylimääräisten pussukoiden varalta.
- Tee se, sanoi Pöltsi.

Pultti oli nousemaisillaan lähteäkseen, mutta Pöltsin tuumivassa ilmeessä oli jotakin, joka esti häntä lähtemästä.

- Mietitkö jotakin? hän kysyi, kun ei jaksanut odottaa Pöltsin avautuvan itsestään.
- Ajattelen vain itsekseni. Minua aika lailla häiritsee tämän jutun kolmijakoisuus. Nyt me jahtaamme pientä mustaa muovipussia, tietämättä mitä siinä on, ja tietämättä kuka sen vei. Sitten oli se varaosajuttu, johon ei tullut selvyyttä. Ja sitten vielä se perunamuusimyrkytys, jota varsinaisesti olemme tutkimassa, mutta jonka suhteen on kaikkein vähinten johtolankoja. Kolme asiaa, joista emme tiedä, liittyvätkö ne mitenkään toisiinsa, ja jos niin miten. Minusta tuntuu, että säntäilemme sinne sun tänne aina sen asian perässä, jonka kanssa joku haluaa meidän juoksevan.
- Vai siltäkö tuntuu? Minäpä kerron. Varaosalaatikko ja muovipussi ovat yksi ja sama asia. Minä uskon, että siinä muovipussissa oli sen öisen pahvilaatikon sisältö. Ja perunamuusi ei liity tähän muulla tavoin, kuin että minulla on taas vähän nälkä. Taidankin aloittaa kierroksen keittiöstä.
- Tee se, toisti Pöltsi. – Mutta muista, ettemme varmasti tiedä asioita. Saatat arvata oikein, mutta se on silti vain arvaus.
- Täytyy arvata, jos ei tiedä, tuhahti Pultti.

Pultti poistui hytistä ja tömisteli portaat ylemmälle kannelle. Hän vilkaisi nopeasti sekä keula- että peräsalonkiin ja totesi, ettei kummassakaan ole ihmisiä, ja että paikat olivat päällisin puolin siistissä kunnossa. Sen jälkeen hän siirtyi laivan keittiöön. Sielläkin paikat olivat todella siistissä kunnossa. Tiskivuoria ei ollut. Ainoatakaan käytettyä astiaa ei näkynyt missään. Ei edes juomalaseja, koska risteilyn juomatarjoilu oli hoidettu kerta-käyttöastioilla.

Pultti avasi jääkaapin ottaakseen sieltä jotakin syötävää. Hän jäikin tyrmistyneenä silmät selällään tuijottamaan jääkaappiin. Hän seisoi epäuskoisen jähmettyneenä muutaman sekunnin, kunnes paiskasi jääkaapin oven kiinni ja ryntäsi portaat alas Pöltsin luokse.

- Pöltsi hei! Nyt on paniikki! Hätätila! hän huusi jo ennen kuin oli kunnolla päässyt hytin ovesta sisään.
- No mitä nyt? ihmetteli Pöltsi. – Löysitkö pussin? Vai näitkö aaveen?
- En löytänyt pussia, en edes ehtinyt etsiä sitä. Katsoin jääkaappiin.
- No mitä kummaa siellä sitten oli?

Pultti yritti saada kiihtymyksensä tasaantumaan ennen kuin henkäisi:

- Ei mitään! Ei kerrassaan mitään! Koko jääkaappi on täysin tyhjä. Ymmärrätkö? Meillä ei ole täällä ollenkaan ruokaa!

15. KONEREMONTISSA TARVITTAVAA TAVARAA

- No mutta tämäpä vakavaa? lausui Pöltsi uutislukijamaiseen tyyliin ja levitteli käsiään. – Miten meidän nyt käy? Kuolemmeko nälkään tämä yönä?
- Älä siinä irvaile, tuhahti Pultti. – Kyllä se nälkä sinullekin vielä ennen aamua tulee.
- Tulee tulee, Pöltsi myönsi. – Ja menee myös.
- Ai? Pöytäliinojako meinaat järsiä? Raudanpuutteeseen ovenkahvoja? Ja vessapaperia jälkiruuaksi?
- Äläpäs nyt, Pöltsi tyynnytteli. – Muistathan, ettei meidän molempien tarvitse olla täällä. Sinä selvästi ymmärrät ravinteiden välttämättömyyden ja laadun päälle enemmän kuin minä, joten mitäs jos sinä polkaisisit hakemaan meille jonkinlaiset huikopalat täksi yöksi? Minä jatkan sillä aikaa vartiointia. No?
- No mutta, ilahtui Pultti. - Kaveri puhuukin asiaa. Ei tarvitse kahta kertaa pyydellä, eikä parempia ehdotuksia keksiä. Minäpä tästä poistun tältä istumalta ja palaan pian mukanani repullinen murkinaa.
- Äläkä vie avaimia, tarvitsen niitä täällä laivassa. Päästän sinut sisään, kun palaat.

Pultti kääntyi kannoillaan ja katosi ovesta. Määrätietoiset askeleet johtivat ylös kannelle. Ovi avattiin ja maihinnoususilta hytkähteli. Sen jälkeen laivassa tuli hiljaista. Juuri ja juuri Pöltsi saattoi kuulla Pultin fillarin kuopivan lennättäen soraa lähtökiihdytyksessään. Performanssi ei kuulostanut siltä, että sen takana oli nälkäkuoleman partaalla roikkuva etsivänuorukainen.

Pöltsi hymähti. Hän avasi television ajankulukseen. Siellä oli menossa illan viimeinen uutislähetys. TV-uutiset eivät yleensä Pöltsiä kiinnostaneet, mutta nyt tietty avainsana kiinnitti hänen huomionsa. Hän keskittyi kuuntelemaan uutista: "...*pahaksi äitynyt vatsatautiepidemia Pipovaaralla ei osoita laantumisen merkkejä. Lisäksi eilen myös Humpulan kaupungissa on todettu saman noroviruksen aiheuttama epidemia. Siellä laivalastillinen matkustajia on sairastunut, mutta tiettävästi Humpulan vatsatauti ei ole päässyt leviämään. Uutistoimituksemme saamien tietojen mukaan Humpulan epidemian syynä on ollut laivalla tarjoiltu ruoka, jonka alkuperä on ollut paikallinen, joten näillä kahdella tapauksella ei ole yhteyttä toisiinsa.*

Pipovaaralta kuuluu muutakin. Siellä kolme päivää sitten tapahtunut jalokiviliikkeen poikkeuksellisen röyhkeä ryöstö ei vielä ole selvinnyt. Ryöstö tehtiin keskellä kirkasta yötä, mutta silti varkaat onnistuivat livahtamaan paikkakunnalta ennen poliisin heräämistä, eikä heidän liikkeistään tai tuntomerkeistään ole tarkempaa tietoa. Pipovaaralla toimivaan poliisiin kohdistuukin nyt paineita. Kuntalaiset ovat alkaneet julkisesti väittää, että Pipovaara on paikka, jossa saa tehdä mitä tahansa, ilman että asioihin puututaan mitenkään. Poliisi ei tässä vaiheessa kommentoi asiaa.

Ja sitten talousuutisia..."

Pöltsi jäi istumaan ja miettimään uutisia. Hän muisti taas nähneensä edellispäivän lehdessä uutisen jalokiviliikkeen ryöstöstä jossakin kaukana. Se oli siis ilmeisesti Pipovaaralla. Vatsatautia on siellä. Vatsatautia on täällä myös. Miten vatsatauti olisi voinut levitä Pipovaaralta juuri Humpulaan satojen kilometrien päähän? Joko siksi, että ruokaa olisi tuotu sieltä tänne, tai siksi, että joku vatsatautinen henkilö on siirtynyt sieltä tänne ja saastuttanut perunamuusin. Pöltsi ei uskonut, että Pottulan tila olisi rahdannut perunoita niin kaukaa, etenkin kun he ilmoittavat perunoiden olevan heidän itsensä kasvattamia. No kuka sen muusin teki? Keittiömestari ja sienivirtuoosi Veli Tulppa. Ja mistä Veli Tulppa on Humpulaan tullut? Pipovaarastako? Sitä ei tiedetä.

Toinen kiinnostava seikka on jalokiviliikkeen ryöstö. Se olisi hyvä syy häipyä Pipovaarasta ja sulautua väestöön jossakin ihan muualla, kuten esimerkiksi Rasva-Repen keittiössä. Mutta perunamuusin myrkytys ei siltikään mahtunut Pöltsin järkeen, se kuulosti kaikella tavoin järjettömältä teolta. Jos henkilö löytää ensin hyvän piilopaikan Rasva-Repen keittiöstä, hän ei varmasti halua ottaa riskiä, että saisi heti sen jälkeen koko kaupungin huomion niskaansa. Ei se mene niin. Ei, vaikka huomio nyt kohdistuikin Rasva-Repeen ja Veli Tulppa onnistunee pysyttelemään piilossa.

Kolmas kiinnostava seikka on se, että kapteeni sanoi, ettei viruksen nimi jäänyt hänen muistiinsa, koska nimi oli ulkomaankielinen ja vaikea muistaa. "Noro" ei ole kovin vaikea muistaa. Toisaalta, kapteenin ei olisi tarvinnut mainita asiaa lainkaan, jos hän vain tekeytyi muistamattomaksi. Todennäköisempää on, että hän ei joko kuullut tai kuunnellut terveysviranomaisen puhelua niin tarkkaan. Häntä varmastikin kiinnosti käytännön asiat enemmän kuin viruksen nimi.

Näine mietteineen Pöltsi nousi sohvalta ja päätti tehdä etsintäkierroksen laivassa. Pultiltahan se oli selvästi jäänyt kesken. Pöltsi päätti tutkia aluksi laivan peräsalongin, jossa bingo oli tapahtunut, ja jossa lähes kaikki matkustajat olivat olleet. Hän kiersi kaikki pöydät, tutki jokaisen penkin joka puolelta, katsoi jokaisen pöydän ja tuolin alle, ja silmäili, näkyykö missään roskiksia tai muita lokeroita. Mitään ei löytynyt. Hän tutki myös bingopöydän ympäristön. Tulos oli sama.

Sen jälkeen Pöltsi siirtyi keittiöön. Se oli todellakin puhdas ja siisti. Sitä ei ollut risteilyn aikana käytetty. Pöltsi kurkisti keittiön kaappeihin ja jääkaappiin, tutki lokerikot ja jäteastiat, mutta turhaan. Hän ei myöskään uskonut, että kukaan matkustajista olisi päässyt keittiöön Hyökyn ohi, ja Hyöky ei varmasti ollut se henkilö, joka pussin etsiväkaveruksilta vei.

Seuraavaksi vuorossa oli laivan keulasalonki. Pöltsi kiersi sen läpi samalla huolellisuudella kuin peräsalongin. Jokainen pöytä, jokainen tuoli ja penkki, järjestelmällisesti. Ja sitten, aivan äärimmäisen penkin kulmassa oli yhtäkkiä musta muovipussi.

-      Ei voi olla totta, ajatteli Pöltsi.

Kaikesta etsimisestä huolimatta löytö tuntui epätodelliselta. Asian kääntöpuoli tunkeutui äkkiä tajuntaan. Vaikka Pöltsi etsi juuri tätä pussia, hän alkoi saman tien epäillä, kuinka joku jättäisi tai unohtaisi aarteen tänne penkin nurkkaan?

Pöltsi otti pussin käteensä ja punnitsi sitä. Hän ei ollut sitä aikaisemmin pitänyt kädessään, mutta hän muisteli, miten Pultti kuvaili pussin sisältöä. Kovia metallisen tuntuisia esineitä, osittain pikkuleivän kokoisia litteitä ja pyöreitä, osittain pientä hilettä. Paperiin käärittynä. Mieluummin painavahko kuin liian kevyt. Pöltsi mietti täsmäsikö Pultin kuvaus siihen, mitä Pöltsi nyt kädessään tunsi. Kovia metallisia esineitä kyllä, mutta muista osin Pöltsi ei olisi kuvaillut tuntemustaan Pultin käyttämillä sanoilla.

- Avaamallahan se selviää, tuumi Pöltsi itsekseen.

Pussin suu oli kietaistu kevyesti solmuun, ja se oli helppoa avata. Henkeään pidätellen Pöltsi avasi pussin ja katsoi sen sisältöä. Pussissa oli eri kokoisia muttereita ja niiden aluslevyjä eli prikkoja. Tyypillisesti sellaisia, mitä koneremontissa saatetaan tarvita.

Pöltsin valtasi tunne, että joku piti heitä pilkkanaan. Varas – tai pussin heiltä riistänyt henkilö – arvasi, että etsiväkaverukset etsisivät pussia laivasta, ja jätti heidän löydettäväkseen arvottomia prikkoja ja muttereita. Pussin oikea sisältö oli tietenkin sullottu taskuihin tai muualle, jossa se voitiin vielä laivasta huomaamatta. Tai sitten mitään aarretta ei ollutkaan. Varas luuli niin, mutta huomattuaan mitä tuli varastaneeksi jättikin pussin tänne. Se olisi järkevä selitys, mutta se ei selitä sitä, kuinka varas ymmärsi juuri kriittisellä hetkellä tunkeutua konehuoneeseen varastamaan pussin suoraan kädestä. Sekin on teko, jolla varas otti ison tietoisen riskin. Hänellä täytyi olla varma tieto siitä, että pussin sisältö on riskin arvoinen.

Toivottavasti Pultin sormituntuma oli tallella. Hän pystyisi kertomaan, oliko pussin sisältö edelleen sama kuin sillä hetkellä, jolloin se heiltä riistettiin. Pitää odottaa, että Pultti palaa metsästysretkeltään.

Pöltsi istahti alas ja antoi katseensa harhailla alkavassa hämärtyvässä kesäyössä. Vähitellen hänen tajuntaansa tunkeutui sekin fakta, että sataman pysäköintialue oli tyhjä. Siellä ei ollut yhtään autoa. Ei myöskään punaista pakettiautoa.

Pöltsi huokaisi jälleen. Jostakin pitäisi saada jotakin päänupin vilkastusrohtoa. Sellaista ainetta, joka saa ne kaksi aivosolua potkimaan toisiaan liikkeelle, hän ajatteli. Eli mitä tässä oli juuri tapahtunut? Kaikki matkustajat lähtevät. Jäljelle jää punainen pakettiauto. Hyöky lähtee. Jäljelle jää yhä punainen pakettiauto. Kapteeni lähtee. Punainen pakettiauto häviää. Kuka siis lähti punaisella pakettiautolla? Päättelytehtävä ei nyt enää tuntunut kovin vaikealta. Paitsi se ristiriitainen seikka, että Rasva-Repe oli sanonut, että pakettiauto oli Veli Tulpan omaisuutta. Luultavasti hän oli nähnyt Veli Tulpan liikkuvan sillä, ja päätellyt sen olevan hänen autonsa. Erehtyikö hän? Kumpi auton omistaa? Ja onko sillä oikeastaan väliä? Lainaavatko kapteeni ja Tulppa autoa joskus toisilleen? Jos näin on, niin miten kapteeni Kampi ja keittiömestari Veli Tulppa tuntevat toisensa? Ja jos tuntevat, niin miksi kapteeni ei palkannut Tulppaa laivakokikseen? Siksikö, ettei hän halua syöttää matkustajilleen sieniä? Vai tekikö Rasva-Repe paremman tarjouksen?

Jälleen tuntui ilmassa olevan liikaa kysymyksiä kahden aivosolun ratkottavaksi.

Tuumailtuaan hetken näitä umpikujiaan, päätti Pöltsi lopulta jatkaa laivakierrostaan. Tästä eteenpäin se olisi vartiointikierros, ei enää etsintäkierros. Toisaalta, pienen hetken tilannetta tuumattuaan hän muisti, ettei kiertämättä ollut oikeastaan enää kuin laivan ohjaamo, joten Pöltsi tallusti aulaan ja sieltä portaat ylös. Ohjaamon ovi ei ollut lukossa, joten Pöltsi astui sisään komentokeskukseen. Hän seisahtui keskelle tilaa, ja katseli rauhassa ympärilleen. Vartiointimielessä kaikki oli kunnossa. Laitteet oli sammutettu, ylimääräisiä ihmisiä ei ollut, ei ollut tulipaloa, eikä yksikään punainen varoitusvalo palanut tai sireeni huutanut. Pöltsi ei kuitenkaan voinut mitään sille, että hän huomasi ohjaamossa pienen jääkaapin, joka hyrisi hiljaa tilan laiturin puoleisessa takanurkassa. Pöltsi astui jääkaapin luokse ja katsoi sen sisään.

Jääkaapissa oli musta muovipussi.

Pöltsi jäi tuijottamaan muovipussia kuin aavetta.

- Voihan keturi, hän manasi. – Juuri kun näitä nimenomaan ei etsi, niin silloin alkaakin mustia muovipusseja löytyä joka paikasta.

Pöltsi otti pussin käteensä. Hän tunnusteli sitä jälleen. Tällä kertaa sisältö oli pehmeää ja kevyttä, mutta selvästi isompaa kuin mutterit ja aluslevyt. Pussi oli solmittu kiinni. Pöltsi näpelöi sormillaan solmun auki ja avasi pussin. Pussissa oli kaksi isoa kinkkusämpylää.

- No tietenkin. Nyt löytyi meidän eväät.

Pussin lisäksi jääkapissa oli muutama pullo virvoitusjuomaa. Pöltsi laittoi sämpyläpussin takaisin jääkaappiin arvellen sämpylänautinnon olevan mukavampaa vähän myöhemmin Pultin seurassa. Sen sijaan virvoitusjuomapulloja oli paitsi laskematon, myös pariton määrä, joten hän otti niistä yhden ja avasi sen jääkaapin päältä löytämällään korkin avaajalla. Hän istahti kapteenin tuolille, katsoi tyyntä järvenselkää ja siemaisi pitkän hörpyn virvoitusjuomaa. Pöltsi sulki silmänsä hetkeksi, tuntien kylmän juoman soljuvan ruokatorvea pitkin mahalaukkuun, jonne se jäi poreilemaan kuin taikajuoma noidankattilaan, ja lähetti sieltä vuorostaan pienen röyhtäyksen paluupostina. Nautintatuokion jälkeen hän avasi silmänsä uudelleen ja antoi katseensa vähitellen siirtyä järveltä laiturille.

Laiturilla laivan vieressä seisoi jälleen punainen pakettiauto.

Pöltsi sulki silmänsä ja avasi ne uudelleen. Näky ei muuttunut. Laivan vieressä oli punainen pakettiauto.

- Mä en kestä tätä, sadatteli Pöltsi mielessään. – Siis onko tuo auto täällä vai eikö se ole? Joka toisella katsomiskerralla se on, ja joka toisella kerralla se ei ole. Onko vai ei? Sekin on minulle näköjään jo ylivoimainen kysymys, vaikka vaihtoehtoja on vain kaksi.

Pöltsi huomasi, että auton pakoputkesta tuli pakokaasua. Se oli siis käynnissä. Se oli siis juuri tullut. Tietenkin se oli juuri tullut, eihän muita järjellisiä vaihtoehtoja ollut, koska äsken se ei siinä ollut. Mutta nyt se on siinä. Jollakin siis on asiaa tänne, eihän tuo auto kai itsestään tänne kulkeudu. Nyt olisi tilaisuus saada selville, kenen hallussa tuo punainen paholainen oikein on. Pöltsi katsoi hievahtamatta auton ovea nähdäkseen, tuleeko autosta joku ulos. Ihan heti ei ulos tullut ketään, mutta hetken odottelun jälkeen ovi avautui.

Autosta astui ulos Pultti.

16. RAVINTEIDEN METSÄSTYSTÄ

Etsiväkaverusten välisen työnjaon selkiydyttyä, ja sen seurauksena Pultin päädyttyä ruuanhakumatkalle, hän polkaisi polkupyöränsä vauhtiin ja suunnisti kohti keskustaa. Hänen ensimmäinen aikomuksensa oli mennä kotiin, tehdä siellä pino voileipiä, ja kiikuttaa ne laivaan. Matkalla ajatus kuitenkin vähitellen jäsentyi. Ottaen huomioon, että Pultti oli ollut omilla teillään koko päivän, alkoi tuntua siltä, että paras vaihtoehto juuri nyt ei ollut työntää nenäänsä kotiin alttiiksi vanhempien voimakentälle. Ilmoille saatettaisiin loihtia hankaliakin kysymyksiä, tai ainakin kysymyksiä, joihin Pultti ei ehkä olisi halukas juuri nyt vastaamaan.

Vaikka toiseksi paras vaihtoehto on ihan hyvä, päätti Pultti kuitenkin kokeilla ykkösvaihtoehtoa ensiksi. Niinpä hän otti loivan käännöksen vasemmalle kiertääkseen hivenen verran kiertotietä. Pian hän jo onnittelikin itseään vaihtoehtosuunnitelman täytäntöönpanosta nähdessään Rasva-Repen grillillä valoa. Enempää johdatusta ei tarvittu. Pultti päätti seurata valon viitoittamaa tietä, ja pysäytti pyöränsä grillin kohdalla. Grilli ei ollut asiakaspalvelumielessä auki, ei tietenkään, koska se oli viranomaisen määräyksestä suljettuna, mutta ovi ei ollut lukossa. Pultti ei siekaillut, vaan marssi ovesta sisälle grilliin. Grillistä hän löysi Rasva-Repen kiillottamassa patojaan ja pannujaan.

- Terve! huusi Pultti hänelle. – Kuis pyyhkii?
- Tervepä terve, huusi Rasva-Repe vastaan. – Pyyhkii ihan hyvin niin kuin kuvasta näkyy. Terveysintoilija soitti jo

minullekin. Kertoi, että koska virus oli pelkästään muusissa, jota ei ole tarjoiltu täällä grillissä, saan avata grillini jo huomenna, kunhan siivoan ja desinfioin varmuuden vuoksi kaikki paikat enkä käytä sitä muusikattilaa. Joten minä nyt sitten putsaan, tuleepahan lain kirjain täytettyä.

- Se on hienoa, että pääset takaisin normaaliin elämään.
- Mutta mitä tekee vesivempeleen yövartija tähän aikaan kaupungilla? Mitä jos joku nyt varastaa Humpukan?
- Ei varasta, sanoi Pultti. – Pöltsi on vahdissa. Mutta meille tuli ongelma.
- Teille tulee aina ongelmia, totesi Rasva-Repe. – Eihän etsivillä voi muuta ollakaan, tehän elätte ongelmissa, vai mitä?
- Tarkoitan toisenlaista ongelmaa. Huomasimme, että tarjoilukiellon takia laivassa ei ole yhtään muonaa. Ajattelin kysyä, josko sinulta liikenisi.

Rasva-Repen siivousvimma taukosi ja hän tuijotti Pulttia.

- Jaa, nälkä miehen tielle ajaa, naurahti hän. - Tokkopa tuo nyt on mikään ongelma. Minulla on täällä makkaraperunatarpeita nyt ylimäärin, kun en ole voinut myydä niitä. Ei muuta kuin laitetaan pannu tulille, niin pyöräytän teille pari annosta mieheen. Eiköhän niillä yhden yön pysy elävien kirjoissa. Jos ei etusivulla, niin kansien välissä kuitenkin.
- Kiitos paljon, ilahtui Pultti. – Voinko sillä aikaa auttaa sinua siivouspuuhissa?
- Jos välttämättä tahdot, vastasi Rasva-Repe. – Tuossa on rätti ja pesuainetta.

Pultti oli oikeastaan odottanut "ei tarvitse" -sisältöistä vastausta, ja hän tulkitsi "jos haluat" -sisältöisen kannanoton niin paljon odotusarvosta poikkeavaksi, että hän tarttui rättiin ja pesuainepulloon ja alkoi hinkata jo ennestään puhtaita pintoja vielä puhtaammiksi. Rasva-Repe sen sijaan käänsi vasemmalla kädellään keittimen päälle, ja otti muonitustarpeet esille jääkaapistaan. Pultti näki samalla vilauksen jääkaapin sisällöstä. Se oli täynnä valmiiksi suikaloituja perunoita ja makkarapusseja, pihvejä ja muuta maukasta massun täytettä. Pultti tunsi olevansa kateellinen Rasva-Repelle, ja näki välähdyksenomaisen tulevaisuudenkuvan itsestään grilliyrittäjänä, tai vähintään jääkaapin vartijana.

Pultti ei tarkkaan ottaen tiennyt mitä Rasva-Repe oli jo siivonnut, mutta katseltuaan siivousvimmaa hetken, ei hän viitsinyt asiaa kysyäkään. Tuntui nimittäin siltä, että siivouksessa itse aktiviteetti oli pääasia, ei niinkään lopputulos. Sitä paitsi kaikki näytti jo riittävän puhtaalta, mutta siitä huolimatta Pultti pyyhki kostealla rätillään sieltä sun täältä, katsellen samalla, kuinka kätevän vähäeleisesti Rasva-Repe työsti Pultin ruoka-annoksia. Kunhan keitin oli lämminnyt, ei kestänyt kauankaan, kun herkulliselta tuoksuvat makkaraperunat olivat jo matkalla neljään kertakäyttöiseen annoslaatikkoon, joihin ne pakattiin niille asiakkaille, joilla ei ollut riittävästi aikaa annoksen välittömään nautintaan grillin pikantissa miljöössä. Rasva-Repe nosteli askit vielä muovipussiin, jossa ne olisi helpompi polkupyörällä kuljettaa.

- Juotavaa siellä paatissa varmaankin on, hän arveli ojentaen kassin Pultille.
- On varmaan. Vaihdetaan, sanoi Pultti ottaen eväskokonaisuuden vastaan ja heittäen samalla siivousrätin sankoon. – Minä kiitän ja kumarran.
- Herra on hyvä. Pysytelkää hereillä!

- Yritetään.

Pultti astui kasseineen takaisin kadulle.

Kadulla oli jo tähän aikaan hiljaista. Ehkä juuri siksi harvat liikkeellä olijat kiinnittivät Pultin huomiota. Erityisesti hän huomasi, että grilliä lähestyi parhaillaan punainen pakettiauto. Ja vielä erityisemmin Pultti hämmästyi, kun huomasi auton jarruttavan grillin kohdalla. Auto pysähtyi, sivuikkuna avattiin, ja esiin työntyi kapteeni Kammen pää.

- Kato terve Pultti! hän huikkasi iloisesti, välittämättä lainkaan Pultin hölmistyneestä ilmeestä. – Mitä puuhaa vartiomies täällä kaupungilla tähän aikaan? Jäikö Pöltsi yksin laivalle?

Pultti yritti saada ajatuksensa kasaan, kunnes päätti yrittää reagoida yhtä iloisella huolettomuudella.

- Ehtoota kapteeni! Kyllä Pöltsi on laivassa, hän jäi sinne etsim… siis vartioimaan. Minä lähdin hankkimaan yöpalaa, koska laivassa ei ollut mitään, Pultti selitti ja nosti ruokakassiaan.
- Ai pahus, puuskahti kapteeni. – Unohdin mainita teille. Laivan ohjaamossa on pieni jääkaappi. Säästin sinne teille jotakin. Ette tietenkään huomanneet katsoa sieltä, tai oikeastaan ette varmaankaan menisi ohjaamoon ollenkaan?
- Juu eihän meillä sinne mitään asiaa ole, kiirehti Pultti vakuuttelemaan. Hän ei ymmärtänyt, miksi ohjaamoon ei saisi mennä, mutta ei viitsinyt kysyä sitä.
- No eipä tässä mitään, tokaisi kapteeni. – Hyppää kyytiin, niin vien sinut takaisin laivalle.
- Kiitos, sanoi Pultti yllättyneenä tarjouksesta. – Mutta minulla on tämä fillari. Pääsen sillä ihan mainiosti.

- Älä höpötä. Tämä on pakettiauto, heitetään fillari tavaratilaan. Saat eväätkin ehjänä perille, kun voit pitää niitä tässä penkillä.

Pultti mietti pari sekuntia. Saattaisi tosiaan olla jollain tavalla hyödyksi matkustaa kapteenin kyydissä takaisin. Vähintään yhden keskustelun se antaisi, ja sen myötä ehkä lisää tietoa.

- No kiitos vaan tarjouksesta, hän kiitti. – Tehdään sitten niin, jollei siitä ole vaivaa.
- Ja paskat. Kämpille minä olin vain menossa, ja sinne joudan kyllä vähän myöhemminkin.

Kapteeni hyppäsi alas, ja avasi auton tavaratilan sivuoven. Pultti aikoi nostaa polkupyöränsä sisään, mutta kapteeni tempaisi sen häneltä.

- Annas kun minä nostan. Olen tottunut sellaiseen, määräsi kapteeni, tuuppasi pyörän tavaratilaan, antoi sen kaatua rämähtäen lattialle, ja paiskasi oven nopeasti kiinni.

Pultti tunsi pientä sääliä polkupyöräänsä kohtaan, mutta sääli haihtui hänen nähdessään vilauksen tavaratilasta. Se oli tyhjä, mutta nurkassa oli jotakin roskaa, aivan kuin kasa mustia muovipusseja. Ne näyttivät tyhjiltä. Pultti arveli, ettei hän voisi tutkia tavaratilaa eikä myöskään puuttua lastausoperaatioonkaan tämän enempää, joten hän kipusi kartanlukijan paikalle ohjaamoon. Kapteeni istahti kapteenin paikalleen ja nosti kytkintä.

Matka satamaan ei ollut pitkä. Pultti mietti, miten hän käyttäisi ajan parhaimmin hyödykseen. Hän päätti, että parempi on pureutua nopeasti asiaan, koska hitaalla lähestymisellä asiaan ei ehdittäisi ollenkaan.

- Teillä on tällainen pakettiauto? hän puolittain totesi ja puolittain kysyi kapteenilta.
- On juu. Tällä on kätevää kuljettaa tavaraa laivalle.
- Varmasti on. Tuota, Rasva-Repen kanssa tuli tämä auto puheeksi. Hän oli sitä mieltä, että tämä on Veli Tulpan auto.
- Tulpan? Siis kenen? ihmetteli kapteeni. – Kyllä tämän on minun autoni.
- Juu epäilemättä. Asiahan ei edes minulle varsinaisesti kuulu, tyynnytteli Pultti arvellen keskustelun saattavan turhaan kärjistyä. – Herätti vain mielenkiintoa tämmöinen ristiriita näissä omistustiedoissa.
- Ristiriita?
- Siis Veli Tulppa on henkilö, jonka Rasva-Repe on palkannut grillilleen avuksi, koska joutuu itse olemaan niin paljon laivalla.
- Tiedän tuon, murahti kapteeni. – Enkä välttämättä ole siitä kovin mielissäni.
- Miksi ette, tiedusteli Pultti. – Siis miten se teidän toimintaanne vaikuttaa?
- Vai miten vaikuttaa? kivahti kapteeni, kääntyi rivakoin ottein kadunkulmasta sataman suuntaan ja kuulosti hetkessä taas tuohtuneelta. – Kukahan ihme hyypiö sen perunamuusin myrkytti? Pitäisikö se sivuuttaa olan kohautuksella? Eikö siinä ole syytä kylliksi?
- No on kyllä varmasti, myönteli Pultti. – Te siis tiedätte mitä Rasva-Repen keittiössä muusintekoaikaan tapahtui?
- En minä sitä tietenkään voi tarkalleen tietää. Mutta Rasva-Repe kertoi minulle sen, mitä itse tiesi. Helppohan siitä on päätellä.
- Aivan.

- Minä luulen, että Veli Tulpalla on jotakin minua vastaan, ja että hän teki tämän tahallaan. En vain tiedä syytä, miksi hän minua vainoaa.
- Mekin pohdiskelemme asiaa Pöltsin kanssa, totesi Pultti. – Kovin mystiseltä se tuntuu.
- Yksi halavatun ketku koko Tulppa, puuskahti kapteeni. - Joutaisi jonnekin hevon kuuseen.
- Ette pidä hänestä, mutta lainasitte kuitenkin tätä autoa hänelle, muisti Pultti äkkiä. – Rasva-Repe ainakin näki tämän auton Veli Tulpalla, ja luuli tätä hänen autokseen.
- Lainasin kerran. Kun hän haki perunoita Pottulasta säkkitolkulla sitä laivalle tullutta perunamuusia varten. Mutta en lainaa enää.
- Eli Veli Tulppa tuli aamulla tällä autolla grillille töihin perunalasteineen, ja te nouditte autonne päivällä pois grillin pihasta?
- Just niin. Hän ei voinut edes palauttaa autoani. Minun mielestäni se olisi ollut vähintä, mitä hän olisi voinut kiitokseksi tehdä.
- Miten te pääsitte laivalta grillille niin nopeasti ilman autoanne? Pultti ihmetteli ääneen.
- No toisella autolla. Onhan meillä huushollissa henkilöautokin. Tai siis vaimolla on. Hän kyyditsi minut. Minulla olisi ollut muutakin tekemistä, mutta hänelle ei sopinut muu aika.
- No niinpä tietenkin, nyökkäsi Pultti.

Sitten hän mietti hetken. Kapteeni kurvasi jo satamaan laivan vierelle, mutta Pultti halusi vielä jatkaa keskustelua.

- Mistä te tunnette Veli Tulpan? Jollakin tavallahan te olette toisillenne tuttuja, jos hän pyytää teiltä autoakin lainaksi. Ja te lainaatte, vaikka inhoatte häntä.

Kapteeni pysäytti auton laivan vierelle, veti käsijarrun päälle, mutta jätti moottorin käyntiin. Sitten hän katsoi Pulttia huulet tiukasti vihaisessa mutrussa.

- Tunnemme toisemme vanhastaan. Sillä ei ole merkitystä, missä ja miksi olemme joskus toisiimme törmänneet. Asia on niin, että hän kokee olevansa minun ystäväni, mutta minä en koe samoin. Ikävä kyllä ystävyys ei aina ole molemminpuolista. Ymmärrätkös?
- Kyllä minä sen saatan ymmärtää. Mutta...
- Menehän sitten jo. Tämä keskustelu oli nyt tässä. Ja käske Pöltsi pois laivani sillalta. Siellä se katsoo meitä nenä kiinni ikkunassa. Vaikka hänellä ei pitäisi olla sinne mitään asiaa.

Pultin seuraava kysymys katkesi, ja hän jäi tuijottamaan kapteenia suu auki. Mukavasta ja leppoisasta kapteenista oli keskustelun aikana tullut ynseä ja tyly. Asia kuitenkin tuli Pultille selväksi. Nyt ei kannattanut jatkaa kyselemistä. Hän avasi oven ja hyppäsi laiturille ottaakseen polkupyöränsä auton tavaratilasta.

- Odota, sanoi kapteeni vielä. – Tavaratilan ovi taisi mennä vahingossa lukkoon. Täytyy avata se avaimella. En nyt viitsi sammuttaa moottoria ja ottaa avaimia virtalukosta, minulla on toinen avain täällä hanskalokerossa.

Kapteeni kurkotti ohjaamon toiseen reunaan ja avasi hanskalokeron kannen. Pultti oli kuulevinaan nopean sadattelun, sellaisen kiinni puristettujen huulien välistä pusertuneen konsonanttipurkauman "stn-prkl". Nopealla kädenliikkeellä hän nyppäisi lokerosta avaimen ja löi äkäisellä ranneliikkeellä kannen takaisin kiinni. Suorituksen viimeisteli äkäinen vilkaisu Pulttiin, kuin tikarin pisto, joka selvästi viestitti "et sitten nähnyt mitään". Pultti ei ollut huomaavinaan, ja yritti myös näyttää siltä kuin keskittyisi kaikella tarmollaan polkupyöränsä seuraavana hetkenä odotettavissa olevaan jälleennäkemiseen. Se ei kuitenkaan mitätöinyt sitä tosiasiaa, että Pultilla oli hanskalokeron suuntaan täydellinen näköalapaikka. Lyhyenkin aukiolon aikana hänen katseensa ennätti valon nopeudella lokeron perukoille saakka. Havainto oli lyhyydestä huolimatta hyvin selkeä. Hanskalokeron perälläkin oli muovipussi, ja siitä näki jo päältä, että tämä muovipussi ei varmasti ollut tyhjä.

17. REMPPAA JA KORJAUSHOMMIA

Asento oli työntekoa ajatellen hankala. Oli pakko pusertua kädet edellä ahtaaseen tilaan ja maata siinä osittain pää alaspäin. Oli vaikea nähdä mitä tekee. Veri tuntui valuvan päähän ja sai korvat humisemaan. Jokainen sydämenlyönti tuntui korvien tärykalvoissa. Toisaalta oli hyvä, että se löi. Olihan se merkki siitä, että henkilö on elossa, ja tämä kaikki on todellista.

Ensimmäisen liitoksen mutterit aukesivat kukin vuorollaan, jotkut olivat tiukassa ja toiset vielä tiukemmassa. Niitä oli puolisen tusinaa. Käsivoimien käyttö tässä asennossa oli vaikeaa, mutta silti tuntui, että muttereiden kannat vain kuluivat entistä pyöreämmiksi, sen sijaan että olisivat kiltisti avautuneet.

Jakoavain luiskahti kädestä ja putosi jonnekin vielä syvemmälle pimeään. Hän väänsi päätään vielä epätoivoisempaan asentoon, vaikka jokaiseen niskanikamaan sattui jo ennestään. Vain todetakseen, ettei putoamispaikkaa voinut tarkkaan nähdä. Edessä oli jotakin muuta, eikä valaistuskaan ollut riittävä.

- Voi piruetti, hän manasi. – On tämä kanssa yksi helkutin työmaa! Paholaisen hommaa! Ei sovi meikäläisen hipiälle. Nyt minä tiedän miltä koukkukaulaisesta korppikotkasta tuntuu. Miksi minä ylipäätään rupesin tähän? Miksen antanut vaan asioiden olla?

Ei voinut mitään. Oli joko pyydystettävä jakoavain alhaalta pimeyden valtakunnasta, tai etsittävä toinen samankokoinen työkalu. No, hän tiesi, ettei toista samanlaista ollut. Mutta taskulamppu oli. Hän sytytti siihen valon ja näki jakoavaimen parin käsivarrenmitan päässä uivan pienessä öljylammikossa. Yksi lattialevy oli ruuvattava irti, jotta jakoavaimeen olisi mahdollista ylettyä. Siihen tarvittiin ruuvimeisseli, mutta se kuului perusvarustukseen ja oli valmiina vierellä. Haltijat olivat tässä kohdin sen verran suosiollisia, että levyn ruuvit suostuivat irtoamaan kohtuullisin ponnisteluin. Levyn irrottamisen jälkeen piti hivuttautua vielä entistäkin enemmän pää alaspäin, mutta sen jälkeen jakoavain olikin jo ulottuvilla. Rättikin oli valmiiksi saatavilla. Sillä oli hyvä pyyhkiä enimmät öljyt pois ja jatkaa sen jälkeen vääntämistä.

- Piru periköön tämmöiset vanhat paskat! Eikö tätäkään olisi voinut vaihtaa kokonaan uuteen? Niin ettei tarvitsisi yrittää vääntää jeesuksen aikaisia muttereita ja ruuveja auki! Ei nämä hommat ole minunlaisiani varten, ammattimies olisi tähänkin remonttiin tarvittu. Mutta ei sellaisen palkkaaminen tullut kuuloonkaan. Liian kallista. Itse piti pystyä kaikki tekemään. Sapettaa!

Aikaakin oli hyvin rajallisesti. Kahden tunnin kuluttua olisi jälleen käynnistys. Sen jälkeen työtä olisi mahdotonta jatkaa. Oli saatava homma valmiiksi kahdessa tunnissa. Tai mielellään nopeammin. Kunhan nämä viheliäiset vuosikymmenien patinan kiinni junttaamat osat vain irtoaisivat.

Seuraavaksi hän otti käteen vasaran, jolla hän naputteli ruuveja ja muttereita toivoen niiden antavan periksi. Kuumentaminen olisi ollut varmempi tapa, mutta sitä hän ei uskaltanut tehdä. Ympärillä oli liikaa öljyä, joka saattaisi syttyä tuleen. Sen jälkeen koko laitos palaisi hetkessä kuin juhannuskokko, ja hän itse siinä mukana. Siinä kohtaa tärykalvojen jumputus vaimenisi lopullisesti. Se ei kerta kaikkiaan käynyt päinsä, juhannuskokko oli jossain tuolla ulkopuolella, ei täällä sisällä.

Vähitellen, ruuvi ja mutteri kerrallaan, osat antoivat periksi luovuttaen ikiaikaisen sitoumuksensa pitää koko höskä kasassa maailman tappiin asti. Tuskallisen ajan kuluttua, eikä yhtään liian aikaisin, kaikki osat oli irrotettu, mäntäpumpun sylinteri oli käsillä, ja hän saattoi vaihtaa männän vioittuneet tiivisterenkaat uusiin. Onneksi ne sopivat paikalleen. Se tästä vielä olisi puuttunut, että osat olisivat olleet vääriä, ei noita vanhoja olisi enää voinut uudelleen laittaa paikalleen.

Kokoaminen olikin jo paljon purkamista helpompaa ja nopeampaa. Enää ei juurikaan harmittanut edes se, että jokunen mutteri ja prikka lipesi hyppysistä ja putosi öljylammikkoon. Niitä ei tarvittu. Vanhat pyöreäkulmaisiksi väännetyt mutterit täytyi joka tapauksessa korvata uusilla. Nekin hänen oli pitänyt omilla rahoillaan ja omalla ajallaan käydä ostamassa paikallisesta halpamarketista. Pieni kiukku nostatti päätään vielä remontin loppumetreillä, mutta hän nieli sen takaisin suunnitellen kuittaavansa menetyksen kirjaamalla siitä hyvästä yhden ylityötunnin. Se olisi tähän vaivannäköön nähden hyvinkin kohtuullista ja ansaittua.

Korjauksen valmistuttua olisi tietenkin pitänyt suorittaa testiajo varmistukseksi siitä, että pumppu toimisi nyt moitteettomasti. Tai että se toimisi edes ylipäätään. Mutta siihen ei ollut enää aikaa. Toivottavasti se toimii. Ei se oikeastaan voi olla toimimatta, jos ei mikään mahti tällä välin ollut kumonnut fysiikan lakeja. Eihän mitään sellaista ollut tapahtunut, mikä olisi vioittanut pumppua.

Hän kokosi loput käytetyt ruuvit, pultit ja mutterit, sekä vanhat männänrenkaat roskapussiin, jonka suun hän laittoi solmuun.

Mustan muovipussin hän heitti konehuoneen nurkkaan, josta se tietenkin vierähti lattialevyn ja laidan välistä jonnekin näkymättömiin. Olkoon siellä, ei sitä kukaan kaipaa eikä etsi.

18. MUSTIA MUOVIPUSSEJA

- Ei se ollut tämä, totesi Pultti.

Pöltsi oli nostanut hänen kämmenelleen salongista löytämänsä muovipussin ja Pultti punnitsi sitä kädessään ja tunnusteli sisältöä.

- Tämä on painavampi, ja tavara on tässä pienempikokoista, ainakin osittain. Ja vuorauspaperi puuttuu välistä.
- Niin minä vähän arvelinkin, tuumi Pöltsi. – Liian huonoa ollakseen totta.
- Joo. Mutta mielenkiintoista.

Pultti avasi pussin ja katsoi sen sisään.

- Liian huonoa tosiaan, hän puuskahti. - Prikkoja ja muttereita. Puhtaita ja käyttämättömiä. Jostain halpahallin kilolaarista ostettuja. Pultit vain puuttuvat.
- Eli arveletko, että meitä yritettiin hämätä? kysyi Pöltsi vastaan.
- No ajattele nyt. Laiva siivotaan vimpan päälle illan bongokeikkaa varten. Luuletko mitenkään, että kukaan silloin vahingossa unohtaisi pussillisen prikkoja ja muttereita matkustajien penkille? Tämmöiset hilppeet eivät mitenkään liity matkustajiin.
- Luultavasti eivät. Paitsi jos joku on siivouksen jälkeen korjaillut vaikkapa penkin tai pöydän kiinnitystä, ja unohtanut pussin jälkeensä.
- No se voidaan helposti tarkistaa. Mutta tuskin tärppää.

- No, voin katsoa ympärilleni, kun seuraavan kerran teen kierroksen, huokaisi Pöltsi.
- Katsele mitä katselet, vastasi Pultti. – Minä puolestani ihmettelen, että yhtäkkiä näitä muovipusseja löytyy yhdestä ja toisesta paikasta. Veikkaan, ettei tämä pussi ole konehuoneessa ollutkaan. Eihän se ole likainenkaan.
- Ei ollut se konehuoneesta löytynyt pussikaan. Kätesi ei likaantunut, kun pitelit sitä.
- Veikkaan myös, että joku todellakin yrittää sumuttaa meitä. Konehuoneesta löytyneen pussin sisältöä on turha enää etsiä, se haihtui silmiemme edestä kuin valo säkkiin. Meidän löydettäväksemme ripotellaan sen sijaan samanlaisia pusseja siinä toivossa, että uskoisimme, että joku niistä on se etsimämme. Voisimme lyödä vetoa siitä, montako löydämme ennen aamua.
- Ei huvita etsiä enempää, kaksi riittää.
- Ja se seikka, ettei konehuoneen nurkkaan piilotettu pussi ollut likainen, todistaa sen, ettei siinä ollut mitään konehuoneeseen kuuluvaa tavaraa, vaan että se oli varta vasten piilotettu sinne. Usko pois. Minun mielestäni me voisimme … sanoitko kaksi?
- Sanoin. Ohjaamon jääkaapissa on toinen. Siinä on pari sämpylää.
- Ah, Pultti hönkäisi. – Olinkin juuri tuumaamaisillani, että minun mielestäni me voisimme jättää etsimiset tältä yöltä vähemmälle ja siirtyä pienelle yöpalalle. Rasva-Repe työsti meille mainiot eväät.
- Sääli olisi lykätä niiden hyötykäyttöä, yhtyi Pöltsi ajatukseen, ja etsiväkaverukset siirtyivät hankittujen ravinteiden hyötykäyttömoodiin.

Pöltsin nielaistua viimeisen makkaraperunoiden muiston jonnekin suolistonsa tavoittamattomiin, hörpättyään kulauksen virvoketta päälle, ja hyvien jälkimakujen toivossa vielä hampaitaan maistellen, hän aloitti puolen tunnin ruokarauhan jälkeen uuden keskustelun.

- Sinun vuorosi kertoa omasta retkestäsi.

Pultti oli tapojaan noudatellen viimeistellyt yön ensimmäisen ateriansa jo hieman nopeammassa aikataulussa, ja oli hyvinkin valmiina kertomaan oman keskustelunsa kapteenin kanssa. Hän keskittyi muistilokeroidensa koluamiseen ja yritti toistaa kaiken autossa käydyn keskustelun mahdollisimman sanatarkasti. Pöltsi kuunteli kärsivällisesti loppuun asti, antoi aivoriihensä pureskella kuulemaansa hengenravintoa huolellisesti, kunnes nosti katseensa.

- Tuohan oli ihan hanurista, hän töksäytti mielipiteenään.
- Herra on hyvä ja selventää ajatuksenjuoksuaan rahtusen verran, ehdotti Pultti.
- Tarkoitan, että kapteenin tarinoissa on useampia epätäsmällisyyksiä.
- No ehkä minustakin, mutta älä anna minun riistää sinulta tätä analysoinnin riemua.
- Asia numero yksi: Se, että herra ja rouva Kammen perheessä on kaksi autoa, ja he ajavat niillä sopivasti vuorotellen, selittää hyvin sen, miksi pakettiauto ei ole aina ollut siellä missä kapteenikin, emmekä ole osanneet yhdistää sitä häneen.
- No niin minustakin, toisti Pultti. – Mutta eihän tuo ole mikään epätäsmällisyys.
- Ei olekaan, myönsi Pöltsi. Hassua on se, että kapteeni sanoi menevänsä "kämpille". Sellaista sanontaa ei käytä kunnon ihminen, joka rientää kotiin vaimonsa luokse. Minun mielestäni kapteeni on vaikuttanut kunnon ihmiseltä.

- Ehkä hän oli vähän karkealla päällä, ehdotti Pultti. – Mutta jatka ole hyvä.
- Asia numero kaksi: Alussa kapteeni ei ollut tietävinään, kuka on Veli Tulppa. Sitten kun sinä paljastit korttisi, hänkin tiesi kaiken. Hänellä oli jopa hyvin selkeä mielipide kyseisestä henkilöstä.
- Oli kyllä.
- Asia numero kolme: Miksi kapteeni lainasi autoaan Veli Tulpalle, jos inhoaa häntä niin paljon kuin väitti? Hänhän yritti mustamaalata Tulpan kaikin tavoin. Minä en autoani lainaisi sellaiselle henkilölle.
- Sinulla ei ole autoa, huomautti Pultti.
- Se ei kuulu tähän. Asia numero neljä: Miksi kapteeni otti sinut kyytiin, joutuen jopa suostuttelemaan, jos hän jo seuraavassa hetkessä oli sinulle vihainen?
- Tähän minä osaan vastata, ilmoitti Pultti. - Sain hänet suuttumaan juttelemalla epämukavista asioista. Hän ei varmaankaan odottanut sellaista.
- Tai sitten hän nimenomaan odotti sitä ja järjesti kuulemasi näytelmän. Lopuksi asia numero viisi: Miksi kapteeni näytti tahallaan sinulle hanskalokerossa olevan pussin?
- Voisin vastata tähänkin. Luulen, että siinä kävi vahinko. Tavaratilan ovi lipsahti vahingossa lukkoon. Ja eihän kapteeni edes tiedä, että etsimme sellaista.
- Ei hänen tosiaankaan pitäisi tietää, mutta mistä me tiedämme mitä hän tietää, tietääkö hän vai ei.
- Alkaa kuulostaa vaikealta logiikalta. Ajattelen silti, että jos kapteeni ei olisi halunnut paljastaa sinulle hanskalokeron sisältöä, hän ei mistään hinnasta olisi avannut sitä. Sen sijaan hän olisi aivan hyvin voinut sammuttaa moottorin ja käyttää virtalukon avaimia. Vaihtoehtoisesti kapteeni olisi voinut odottaa, että ehdit ulos rynkyttämään lukossa olevaa

tavaratilan ovea, jolloin hän olisi rauhassa voinut ottaa avaimen hanskalokerosta.

- Hmm, mietti Pultti. – Minusta tuo viittaa vain siihen, että kapteeni ei tiennyt, että mustat muovipussit kiinnostavat meitä.
- Voi olla niinkin, mutta en usko sitä. Voidaan tietysti kysyä, miksi hän näytti sitä tahallaan?
- No miksi? Kuulostat siltä, että sinulla on vastaus omaan kysymykseesi.
- Se olisi samalla koko kyydityksen motiivi. Kapteeni halusi sinut kyytiin näyttääkseen sinulle sen kallisarvoisen etsimämme pussin muka vahingossa. Ja näyttämisen viesti on juuri se, minkä itsekin aikaisemmin mainitsit: "Älkää turhaan enää etsikö, etsimänne pussi on täällä."

Pultti jäi miettimään asiaa. Hän ei tuntenut pystyvänsä yhtä terävään aivoriihensä pureskeluun kuin Pöltsi, mutta onnistui kuitenkin haastamaan Pöltsin päättelyä:

- No hyvä. Vastaapa vielä, mistä kapteeni tiesi, että olin Rasva-Repen grillillä, ja osasi ajaa ohi juuri oikealla hetkellä? Minähän olin siellä aika lailla sattumalta.
- Yhteensattumiin en oikein usko, vastasi Pöltsi. – Mutta sattumia tiedän olevan muuallakin kuin hernekeitossa. Tämä on pieni kaupunki. Hän ajoi siitä ohi sillä aikaa, kun sinä olit sisällä, jolloin hän näki polkupyöräsi ulkopuolella, ja päätti jäädä odottamaan. Pyöräsi hän on jo oppinut tunnistamaan, koska on nähnyt sen täällä.
- Sinä siis luulet kapteenin tietävän, että etsimme pussia?
- Olen melko varma siitä.
- Ja sinä luulet kapteenin myös haluavan, että emme etsisi pussia? Miksi hän haluaa, ettemme etsi?

- No vaikka siksi, päätteli Pöltsi – Että hän haluaa välttää kilpajuoksua.
- Eli hän etsii sitä itsekin?
- Niin, eikä hän halua meidän löytävän sitä ensin.
- Mikä tarkoittaisi, että hanskalokeronkaan pussi ei ollut aito, totesi Pultti.
- No näyttikö se aidolta? Oliko se aidon kokoinen ja muotoinen?
- Vaikea sanoa tunnustelematta. Ehkä se oli liian litteä ja pehmeän näköinen.
- No hyvä. Eli pussi on kapteeniltakin hukassa, päätti Pöltsi.
- Silloin se tarkoittaisi myös sitä, että pussi luultavasti sittenkin on täällä laivassa.
- Tai ainakin sen sisältö.

Tähän ei Pultti enää keksinyt vastaväitteitä. Yksi päättelyketju oli saatu aukottomaan päätepisteeseen, mutta oliko se silti oikea? Ja miten sen voisi löytää? On melko vaikeaa löytää pienestäkään laivasta pelkkä sisältö, josta ei ole paljonkaan tietoa mitä se on. Mustan pussin etsiminen olisi ollut helpompaa, joskaan sekään ei tuntunut helposti löytyvän. Pultti päästi pitkän huokauksen. Tehtävä tuntui jo aika epätoivoiselta.

- Jätän sinut tuumailemaan ja teen ruuan sulattelun merkeissä vartiointikierroksen, sanoi Pöltsi napakasti ja nousi. – Minua kiinnostaa vilkaista, onko pöytien tai penkkien kiinnityksiä korjailtu.
- Onnea kierrokselle, toivotti Pultti ja vajosi sohvan uumeniin.

Makkaraperunat tekivät tehtävänsä. Pultin olo oli mukavan raukea. Vartiointihomma ei ollut ollenkaan hassumpaa, ainakaan siinä tapauksessa, jos mitään ei tapahdu.

19. YRTTIPATAA

Veli Tulppa tunsi itsensä tyytyväiseksi. Hän oli saanut mukavan pikkupuuhan Rasva-Repeltä, joka vaikutti elävän omassa maailmassaan välittämättä kiusallisen paljoa grillinsä ulkopuolisen maailman menosta. Hän sai viettää aikaansa siellä sopivasti kulissien takana, mutta kuitenkin rehellisessä työpaikassa. Työvoimatoimiston työttömien lista ei ollut oikea paikka huippukokille, siitä sai väärän kuvan hänen kyvyistään. Juuri nyt hän oli erityisen iloinen kahdesta vapaapäivästä heti ensimmäisen työpäivän jälkeen. Palkattomia vapaapäiviähän nämä ovat, mutta silti huolettomia vapaapäiviä. Laivalla tapahtunut vatsatautijuttu oli kieltämättä synkistänyt tunnelmaa hetkeksi, mutta Veli Tulpan kaltaista asialleen omistautunutta henkilöä se ei pitkään vaivannut. Tarkemmin miettiessään Veli Tulppa ei edes osannut langettaa tapahtumien kulkua omaksi syykseen, joten miksi stressata itseään sellaisilla jutuilla? Sen sijaan Veli Tulppa asetti tähtäimensä tulevaisuuteen, eli seuraaviin työpäiviin. Hän halusi kohentaa hänestä syntynyttä mielikuvaa, sikäli kuin sellaista nyt ylipäätään oli syntynytkään muualla kuin hänen omassa mielessään. Hän oli viettänyt kaksi vapaapäivää metsissä, niityillä, soilla ja yrttitarhoissa, ja keräillyt monenlaisia luonnon yrttejä, osittain kasvatettujakin. Niistä saisi hänen taidoillaan loihdittua ennen kokemattomia maku-elämyksiä.

Grillille palattuaan Veli Tulppa asetteli mukanaan tuomansa yrtit keittiön hyllyille, ja esitteli ylpeänä saalistaan Rasva-Repelle, ja kertoi samalla moninaisista ideoistaan niiden hyödyntämiseksi.

Rasva-Repe kuunteli paatoksellista yrttisaarnaa aikansa, ennen kuin keskeytti Veli Tulpan ennen kokemattoman puhetulvan, ja kertoi puolestaan Veli Tulpalle, että kapteeni Kampi oli jostakin kummallisesta syystä kyllästynyt perunamuusiin, lihapulliin ja nakkeihin heti ensimmäisen tarjoilun jälkeen, joten siinä mielessä jyrkän kontrastin tuova vaihtelu ja suunnanmuutos ruokalistassa olisi hyvinkin tervetullutta. Samoin tervetullutta olisi myös ruokalista, jonka antimista ei tällä kertaa olisi lainkaan saatavilla vatsatautia. Toivelistalla olisi toisenlainen terveysvaikutteisuus.

Näiden kahden näkökulman yhteensovittaminen ei ollut vaikeaa. Yhteistuumin syntyi ajatus, että seuraavalle ruokaristeilylle kehitettäisiin ateria, joka olisi jonkinlainen yrttipata, jolla Veli Tulppa saisi mahdollisuuden luoda itselleen koko Humpulan kaupungin kattavan maineen seutukunnan loistavimpana yrttien sekoittelijana. Ja koska seuraava ruokaristeily olisi luultavasti jo huomenna, jäisi kehitysvaihe pakostakin lyhyeksi, käytännössä siihen mitä Veli Tulppa oli jo kaksi päivää mietiskellyt.

Rasva-Repe piti yrtteihin perustuvan ruuan ideasta, mutta samalla se hiukan arvelutti. Kapteenihan oli palkannut laivakokikseen juuri hänet, eikä Veli Tulppaa. Lisäksi Rasva-Repenkin tietoon oli jo kiirinyt, ettei keittiömestari Tulppa yltänyt kapteenin ystävälistan kärkisijoille. Näistä lähtökohdista tuntui parhaalta, että yrttipata-ajatus piti ensin hyväksyttää kapteenilla, tai vähintään kertoa se hänelle etukäteen. Samalla voitaisiin varovasti tunnustella sitäkin vaihtoehtoa, että Veli Tulppa itse tulisi seuraavan ruokaristeilyn ajaksi – mutta vain yhden – keräämään kehuja ruuastaan ja kartuttamaan toistaiseksi epäoikeudenmukaisen laihaa ansiolistaansa.

- Mitä tykkäätte tästä ideasta? kysyi Rasva-Repe etsiväkaveruksilta, jotka olivat tulleet grillille päivävierailulle.

Pultti ja Pöltsi kuuntelivat tarinan, eivätkä välittömästi osanneet synnyttää sopivaa mielipidettä. Lopulta Pultti, joka edelleen suhtautui sieniin ja yrtteihin terveellä epäluulolla, sai suunsa auki:

- Aika jännää. Mutta muistuttakaa minua, että teen sinä päivänä omat eväät yövahtiin. Tai oikeastaan, älä jätä näitä yrttimömmöjä laivalle ollenkaan.
- Mielenkiintoista tosiaan, säesti Pöltsikin. – Onko mahdollista nähdä tämä yrttitarha?
- No mutta ilman muuta, vastasi Rasva-Repe. – Veli on juuri asetellut sienensä ja yrttinsä siistiin järjestykseen keittiön puolelle. Hän on itsekin siellä. Tulkaa toki katsomaan!

Etsiväkaverukset siirtyivät hienostunein askelin Rasva-Repen perässä keittiöön. Veli Tulppa oli todellakin siellä. Tällä kertaa hän oli selvästi varautunut vierailijoihin, eikä näyttänyt suuremmin hätkähtävän etsiväkaverusten liittymisestä seurueeseen. Hän seisoi parhaillaan keskellä keittiötä ja ihaili uusia sieni- ja yrttihyllyjään kuin arkkitehti pilvenpiirtäjää.

Näky olikin jossain määrin vaikuttava. Keittiön seinällä oli kaksi uutta koko seinän mittaista hyllyä, jotka oli pyhitetty sienille ja yrteille. Tai niin ainakin annettiin ymmärtää. Sienet ja yrtit eivät nimittäin olleet näkyvissä. Ne oli siististi pussitettu mustiin läpinäkymättömiin muovipusseihin. Pusseissa ei ollut merkintöjä, mutta hyllyn reunaan Veli Tulppa oli kirjoittanut mitä pusseissa oli. Pöltsi luki ylemmän hyllyn nimikkeitä: hurmeseitikki, kartiovahakas, kevätrusokas, kultasieni, nuijamalikka, nystymukulakuukunen, okrakääpä, piispanhiippa, pulkkosieni, rustonupikka, tiikerivalmuska, valkomalikka, viherukonsieni. Suurin osa nimikkeistä oli Pöltsille täysin vieraita, mutta hän päätteli ne sieniksi. Alemmalla hyllyllä nimikkeitä oli vähemmän, mutta pussit isompia. Nimikkeet myös olivat tutumpia. Sieltä löytyi apila, nokkonen, korvasieni, tatti, vuohenputki, kuusenkerkkä, maitohorsma, ketunleipä, suolaheinä ja poimulehti.

Pulttikin räpytteli silmiään epäuskoisena. Häntä eivät niinkään kiinnostaneet yrtit ja sienet, vaan pussit. Mustat muovipussit tuntuivat vainoavan etsiväkaveruksia. Pultti mietti, ovatko mustat muovipussit oikeasti näin yleisiä. Sellaisia hyödykkeitä, joita on oikeasti joka paikassa, mutta niihin ei vain ole aikaisemmin tullut kiinnitettyä huomiota. Hän mietti millä sanoilla tiedustelisi asiaa, päätti ottaa vastakkaisen lähestymiskulman, ja rohkaistui kysymään asiaa Veli Tulpalta.

-   Eikö olisi kätevämpää käyttää läpinäkyviä pusseja tai muovilaatikoita? Silloin näkisit ilman nimilappuja, mitä missäkin askissa tai pussissa on.

Veli Tulppa katsahti Pulttiin pöllönsilmillään, tuijotti piinalliset viisi sekuntia, kunnes vastasi narisevalla äänellään.

-   Ei olisi. Laatikoihin minulla ei nyt ole varaa. Kuten näet, niitä tarvittaisiin aika monta, eikä niiden mukana raahaaminen metsässä ole käytännöllistä. Läpinäkyvyydestä en ole varma, mutta luulen, että jotkut yrtit ja sienet eivät poimittuina tykkää päivänvalosta. Kaikki tuotteet eivät siedä päivänvaloa. Parempi ottaa varman päälle ja pitää kaikki pimennossa. Ymmärrättekö? Ei päivänvaloa.

- Ahaa, valaistui Pultti. – Miten sinä siellä metsässä osaat laittaa kaikki oikeisiin pusseihin? Avaatko jokaisen sienen kohdalla kaikki pussit, kunnes oikea osuu kohdalle?
- En tietenkään, puuskahti Veli Tulppa. – Hullunako minua pidät? Kun löydän hyvän apajan, kerään siitä yhtä lajia kerrallaan, tai sitten lajittelen ne myöhemmin. Oikeastaan lajittelen kaiken joka tapauksessa, täytyyhän nämä kaikki puhdistaa vielä kotona. Ymmärrättekö? Puhdistaa. Kotona.
- Onko tässä nyt kutakin lajia yksi pussillinen? Pöltsi kysäisi kuin ohimennen jotakin kysyäkseen.
- Tietenkin, vastasi Veli Tulppa. – Muutenhan minä menisin pusseissa sekaisin. Ja kotona on vielä lisää, mutta ne ovat näitä samoja luonnon antimia. Varastoa pitää olla, näiden täytyy riittää pitkään. Ymmärrätkö? Varastoa.
- Aivan. Niinpä tietenkin.

Pultti nyökkäsi eikä kysellyt enempää. Hän ymmärsi erityisesti sen, etteivät kaikkien mustien muovipussien sisällöt kestä päivänvaloa. Pöltsi puolestaan päätti tehdä pikaisen tarkistuksen ja laski nimilaput. Sen jälkeen hän laski muovipussit. Sen jälkeen hän mietti hetken. Sitten hän laski molemmat uudestaan. Tulos oli sama. Pusseja oli yksi enemmän kuin nimilappuja.

20. VIRITETÄÄNPÄ ANSA

- Sanoinko minä laakerirenkaat? Voi ei, tarkoitin tietenkin männänrenkaita. Mäntäpumpussa on mäntä, ja siinä on tiivistävät männänrenkaat. Aikojen mittaan ne kuluvat, ja sen jälkeen pumppu ei enää toimi kunnolla, selitti Hyöky.
- Entä se pahvilaatikko? kysyi Pöltsi. – Minne se meni?
- Roskiin tietenkin, vastasi Hyöky. – Ei täällä laivassa ole tilaa kaikenlaisten laatikoiden säilyttämiseen.
- Eikä siinä laatikossa ollut muuta kuin ne männänrenkaat? tivasi Pultti epäuskoisena.
- No eipä tosiaankaan ollut, vakuutti Hyöky.
- Miksi sitten tarvittiin niin iso laatikko? kysyi Pöltsi.
- Ei tarvittukaan, selitti Hyöky. – Tai korkeintaan siksi, ettei se joudu hukkaan. Ne männänrenkaat olisivat mahtuneet vaikka kirjekuoreen.
- Ja miksi se tuotiin tänne yöllä? jatkoi Pultti.

Hyöky huokaisi.

- En minä sitäkään tiedä. Se oli tosiaan yksityinen tsuppari, enkä minä tiedä heidän aikataulujaan. Tekee varmaan päivisin muita töitä.
- Tuota noin, venytteli Pöltsi. – Voisitko ihan mielenkiinnosta näyttää meille, missä täällä konehuoneessa se pumppu on. Me kun emme oikein tunne tällaista konehuonemaailmaa.

Etsiväkaverukset seisoivat Humpukka Ykkösen konehuoneessa Hyökyn seurassa. He olivat päättäneet tulla paikan päälle suoraan katsomaan ja kysymään asioita. Asian selvittäminen kysymällä on joskus selvempää kuin loputon metsään menevä päättely.

- Aika pieni tämä konemaailma on tässä paatissa, vastasi Hyöky. – Mutta täällähän tämä on.

Hän siirtyi pari askelta, nosti irrallisen levyn ylös ja osoitti taskulampulla sen alla olevaa pumppua.

- Tuo minun piti ottaa auki ja vaihtaa siitä männänrenkaat. Ja oli muuten pirun tiukassa.
- No eipä ihme, ettemme löytäneet tätä, kun se on piilotettu tänne levytyksen alle, sanoi Pöltsi. – Mistä sinä oikein tiesit, että pumpun männänrenkaat olivat kuluneet?
- Siitä, että yritin pumpata tällä pumpulla vettä pilssistä, eikä se tahtonut oikein saada aikaan kunnon imua. Siitä arvasin, että se on väljä. Aika yksinkertaista.
- Nämä ovat loppujen lopuksi aika yksinkertaisia juttuja, kuului kumea ääni kolmikon takaa.

Kaikki hätkähtivät ja pyörähtivät ympäri. Kukaan ei taaskaan huomannut, että kapteeni Kampi oli ilmestynyt heidän taakseen.

- Kiinnostaako teitä konehuone, vai muutenko tulitte tänne jutustelemaan? hän uteli etsiväkaveruksilta.

Etsiväkaverukset loivat sanattoman katseen toisiinsa. Hetken ilmassa leijui päätöksen odotus sen suhteen, kumpi vastaa kapteenille. Asia ratkesi Pöltsin nyökätessä Pultille hyvin pienellä pään liikkeellä, tuskin havaittavasti.

- Kiinnostaa, vastasi Pultti. – Kun Hyöky kertoi remonttia kaipaavasta pumpusta, niin jäi kiinnostamaan, missä sellainen pumppu täällä piileksii. Ei oikeastaan sen kummempaa. Sitten päätimme tulla tänne katsomaan tällaisena aikana, kun opaskin on paikalla.

- Se on hauskaa, mörisi kapteeni. – Kiehtovia ovat kaikki koneet ja laitteet minunkin mielestäni.
- Mutta mehän jo saimme selityksen pumppuasiaan, totesi Pöltsi. – Ehkä meillä ei ole oikeutta viedä teidän aikaanne tämän enempää?

Pöltsi odotti tähän vastausta "olkaa täällä niin pitkään kuin haluatte", mutta vastaus oli toisenlainen.

- On minulla ilouutisiakin, sanoi kapteeni. – Jos ne nyt teitä juuri ilahduttavat. Saimme viranomaisilta luvan järjestää ruokaristeilyn jo huomenna, alkueräisen suunnitelman mukaan. Tänään tulee terveysviranomainen tarkastamaan laivan, ja jos kaikki näyttää hyvältä niin toiminta saa jatkua alkuperäisen suunnitelman mukaan.
- No mutta sehän…

Pöltsin vastauksen keskeytti koko laivaa vavisuttava tuuban törähdys.

- Voi anteeksi, naurahti kapteeni. – Tänään on humpparisteily ja Humpulan Pumppuveikot ovat jo tulleet laivalle harjoittelemaan ja säätämään vahvistimiaan illaksi. Saundtsek, he sanovat itse. Tuletteko tekin illalla laittamaan jalalla koreasti? Saatte minulta vapaaliput, jos tahdotte.
- Jos jätetään nyt tällä kertaa väliin, vastasi Pöltsi. – Meidän tanssitaidoilla ei palkintoja pokata. Mutta olin sanomaisillani, että sehän on hienoa, että saatte taas palautettua kaiken toimintanne ennalleen. Kansa varmaan ihastuu Veli Tulpan yrttipataan.

Kapteenin silmät revähtivät pyöreiksi.

- Niin että mihin? Mitä kirottua paskaa hän aikoo minun risteilyvie-railleni seuraavaksi syöttää?

Etsiväkaverukset katsahtivat jälleen toisiinsa. Oli selvää, että kapteenille ei vielä ollut kerrottu.

- Etkö siis tiedä? oli Pöltsi hämmästelevinään.
- No en todellakaan, kapteeni puuskahti. – Ja toivoisin tosiaankin etukäteen tietäväni mitä täällä tarjoillaan. Mitä vikaa lihapullissa ja perunamuusissa oli?
- No esimerkiksi se virus, vastasi Pöltsi. – Sitä voisimme pitää pienenä vikana. Jostakin on syntynyt sellainenkin käsitys, ettei sitä haluttaisi toistaa.
- Tietääkseni on olemassa myös viruksetonta perunamuusia, puuskahti kapteeni. – Ei siitä syystä kaikkea tarvitse muuttaa.
- Ei ehkä tarvitsisi, mutta kun mielikuva noroviruksesta muusissa on kerran syntynyt, siitä on helpompi päästä eroon korvaamalla perunamuusi jollakin täysin erilaisella ruualla.

Kapteeni tuijotti etsiväkaveruksia hetken vaiti, kuin miettien mitä sanoisi seuraavaksi.

- Sinä Pultti kysyit eilen, mistä minä tunnen Veli Tulpan. Ehkä minun on hyvä sekin kertoa. Ei siinä mitään merkillistä ole. Kävimme pikkumukulana samaa koulua. Kolmannella luokalla hän ilmestyi meidän luokallemme. Hänen perheensä oli muuttanut seudulle Ruotsista. Hänen oikea nimensä oli tuohon aikaan Bror Pluggstift. Myöhemmin hän otti suomalaisen nimen, eikä se surkimus silloinkaan osannut keksiä muuta kuin sananmukaisen käännöksen. Paikkakunta, josta he muuttivat, oli muistaakseni Svampfara jossakin Ruotsin pohjoiskalotin alueella. Hän oli omituinen jo silloin, ja häntä alettiin kiusata koulussa sekä ulkonäkönsä, ujoutensa, että ulkomaalaisen nimensä takia. Minä taas olin iso ja vahva jo silloin, eikä minua uskallettu kiusata. Enkä minä kiusannut ketään. Kun Bror huomasi, etten kiusaa häntä, hän hakeutui minun suojiini saadakseen olla rauhassa. Sen jälkeen hän kävi koulunsa minun selkäni suojassa. Hän piti minua tukihenkilönään ja takertui minuun kuin takiainen koiran perseeseen, kun taas minä olisin halunnut karistaa hänet kannoiltani. Niin oli silloin, ja niin on edelleen. Kouluaikojen jälkeen tiemme erosivat, ja menikin pitkään, kunnes törmäsin häneen uudestaan luokkajuhlassa, ja siitä alkaen hän on jälleen seurannut minua kuin perskärpänen. Ehkä tämä hiukan selittää sitä, miksi suhtaudun häneen niin kuin suhtaudun.

- Kiitos tästä, sanoi Pöltsi. – Ymmärrämme nyt tämän taustan, mutta eihän se sitä tarkoita, että hän olisi kelvoton kokki.
- Hyvä tai huono, kapteeni tokaisi. Mieluummin kuitenkin joku muu.

Pultti otti naamalleen parhaimman kulinaristi-ilmeensä.

- Älä nyt. Meillä on sellainen käsitys, että Veli Tulppa haluaa tosissaan yrittää parastaan. Hän on viettänyt kaksi vapaapäivää keräten vapaaehtoisesti sieniä ja yrttejä, ja miettinyt miten niistä saisi loihdittua pysäyttävän nautinnon, josta kirjoitettaisiin ylistävästi paikallislehden ruokaosastolla.
- Juu, näin se on, jatkoi Pöltsi. – Minun mielestäni tämä voisi olla sinulta sellainen palvelus ja ystävyyden osoitus, joka auttaisi häntä menestymään elämässä omillaan. Silloin voittaisitte molemmat. Jos hän saisi uutta itseluottamusta, sinäkin pääsisit hänestä eroon.
- Voisihan se niinkin olla, tuumi kapteeni.
- Veli Tulppa on tosiaankin nähnyt valtavasti vaivaa, jatkoi Pultti ylistystään. – Näimme itse hänen keräämänsä varastot. Rasva-Repen keittiössä on kaksi hyllyä seinästä seinään

täynnä mustia muovipusseja, johon hän on varastoinut löydöksiään.

- Sielläkö ne ... tarkoitan, että ... siis varastoiko hän niitä siellä keittiössä? kakisteli kapteeni.

Jälleen tuskin havaittava silmänisku etsiväkaverusten kesken.

- Tietenkin. Missä muualla yrttejä pitäisi säilyttää kuin keittiössä. Kassakaapissako? kysyi Pöltsi ymmällään olevaa näytellen.
- Ei tietenkään, vastasi kapteeni. – Mutta että siinä kaikkien saatavilla ... en vain oikein ymmärrä ... tai siis en osaa hahmottaa asiaa ... siis sitä yrtti- ja sienimäärää. Mitä kaikkea hän on löytänytkään...
- Emmehän mekään niistä mitään ymmärrä, nyökkäsi Pultti. – Mutta siellä niitä nyt kuitenkin on.
- Ja olemisesta puheenollen, jatkoi Pöltsi. – Meidän pitäisi kai olla jo jossain muualla. Lähdetään.

Etsiväkaverukset jättivät kysymysmerkiltä näyttävän kapteenin ja harppoivat maihinnoususillalle. Sinne asti kuului, kuinka Pumppuveikot töräyttivät ilmoille ikiharmaan kappaleensa "Seisovan puhvetin lumoissa".

Kesäyö oli hämärtynyt. Ilta ja alkuyö oli kulunut hitaasti. Odotus oli tuntunut pitkältä. Parempi oli silti olla kärsivällinen ja odottaa kyllin pitkään, että kaikki oli varmasti selvää. Kaupunki nukkui, vain muutama humalainen hoiperteli sumentuneen suunnistusvaistonsa varassa kotejaan kohti. Tai kuka minnekin. Sillä ei ollut merkitystä, humalaiset kuuluivat kesäyön katukuvaan, eikä heistä ollut vaaraa. Jossakin kauempana metelöi nuorisoporukka, mutta sekään ei haitannut. Takapihalla oli hiljaista. Se oli pääasia.

Erityisesti oli tärkeää, että etsiväkaverukset olivat muualla. Hän oli juuri tarkistanut asian. Laivan päivähytissä paloi valo, siellä he kököttivät kuin kaksi kanaa häkissä suorittaen vahtivuoroaan. Hyvä niin. Miten kahdesta pikkupojasta voikin kehittyä oikea maanvaiva. Heidän suhteensa piti koko ajan olla varuillaan, siinä mitä tekee tai mitä puhuu. Se oli rasittavaa. Se ei ollut oikein.

Grillin keittiön takaovi oli tietenkin lukossa. Sehän oli selvää. Eikä sekään haitannut. Hän oli ollut kaukonäköinen ja hankkinut oveen sopivan avaimen jo hyvissä ajoin. Pientä kaukonäköisyyttä oli kehittynyt kokemuksesta, vaikka hän ei mikään tulevien tapahtumien ennustaja ollutkaan. Vielä viimeinen tarkistus, nopea vilkaisu molemmille sivuille, ettei lähitalojen ikkunoista kukaan tarkkaillut häntä. Ketään ei näkynyt. Ja mitä siitä, vaikka joku satunnainen yövirkku sattuisikin katsomaan. Tuntomerkkejä ei hämärässä tarkkanäköisinkään vilkuilija voinut erottaa, eikä pihalla kulkeminen ollut mitenkään laitonta. Kenelläkään ei olisi mitään syytä kiinnittää huomiota hänen läsnäoloonsa. Parempi olla vilkuilematta sivuilleen ja keskittyä tehtävään, vilkuilu jos mikä näyttää epäilyttävältä, määrätietoinen toiminta sen sijaan ei koskaan.

Pihalla oli valaisin, mutta talouskurimuksessa kamppaileva taloyhtiö oli vääntänyt sen kesäksi pois toiminnasta. Avaimenreikä erottui silti valkoisessa ovessa hyvin. Avain sopi lukkoon täsmälleen. Hän väänsi avainta ja lukko nöyrtyi suopeasti naksahtaen. Lapsellisen helppoja nämä vanhat lukot, ei niistä ollut pientäkään haastetta satunnaiselle kulkijalle. Varovainen oven raotus. Voisiko täällä olla hälytyslaitteita? Sellainen ajatus ei ollut tullut hänellä mieleenkään ennen kuin juuri nyt. Hälytyslaitteiden mahdollisuus tällaisessa murjussa tuntui täysin yliampuvalta, kuka nyt grillin takaovesta murtautuisi. Siis normaalisti. Paitsi hän juuri nyt, tämän kerran. Mutta hänellä oli syynsä.

Mitään havaittavaa merkkiä hälytyksestä ei näkynyt eikä kuulunut. Eikö sitä paitsi hälytyslaitteista pidä oli varoituskilpi ulkopuolella rehellisiä murtautujia varten? Sellaistakaan ei ollut näkynyt. Hän rentoutti otteensa avaimesta ja antoi oven avautua muutaman sentin verran itsestään. Musta kaistale avautui hänen eteensä. Lohdullisen musta ja kutsuva. Huokaus. Hän huomasi, ettei ollut muistanut hengittää pariin minuuttiin. Sellaista se on, harjaantumisen puutetta. Nyt pari keuhkollista raikasta kesäilmaa, sitten hän oli valmis astumaan sisään.

Saranat eivät edes narisseet. Silti hän avasi ovea vain juuri sen verran, että mahtui vaivatta pujahtamaan mustan grillikeittiön syliin. Oven hän veti välittömästi perässään kiinni. Sekin tuntui tarpeettomalta hätiköinniltä. Nyt hän tunsi olevansa turvassa, nyt kukaan ei voisi nähdä, kukaan ei tietäisi, mitä hän aikoi.

Taskulamppu oli huolellisesti taskussa. Hän kaivoi sen esiin ja napsautti siihen valon.

Valo tuntui aluksi kirkkaalta ja hänen piti siristää silmiään. Se kuitenkin halkoi tehokkaasti mustaa ilmaa, ja sen avulla hän havaitsi heti etsimänsä. Hän näki juuri sen, mitä oli kerrottu. Keittiön seinällä oli kaksi hyllyä. Molemmilla hyllyillä oli siisteissä riveissä mustia muovipusseja. Ainoa harmi oli, että hyllyt olivat melko korkealla, ja niiden edessä oli työtaso ja tiskipöytä, jotka estivät pääsyn aivan seinän vierelle. Hän yritti kurkottaa kohti hyllyjä, mutta hänen käsivartensa olivat alempaakin hyllyä tavoitellakseen parikymmentä senttiä liian lyhyet.

Huulille pyrähti muutama voimasana, jotka eivät kuitenkaan mahtuneet pusertumaan suupielien ulkopuolelle. Sen sijaan hän äkkäsi nurkassa keittiöjakkaran, jonka siirsi työtason vierelle. Jakkaran päältä olikin jo helppoa nousta työtasolle, ja sitten hyllyt kutsuivatkin häntä parhaalla mahdollisella käsittelykorkeudella. Hän otti alahyllyn ensimmäisen pussin käteensä. Hän ajatteli, että on parasta käydä ne kaikki läpi järjestyksessä, sillä tavalla mikään ei vahingossa lipsahtaisi ohi.

Pussi oli suljettu solmulla. Solmu oli kiristetty tiukkaan. Avaamiseen tarvittiin kaksi kättä. Mutta toinen käsi tarvittiin myös taskulampun pitämiseen. Taskulampussa oli magneetti, mutta teräspintaa magneetin tartuttavaksi ei ollut ulottuvilla. Järjetöntä, hän puuskahti. Miksei taloja rakenneta niin kuin laivoja, terästä joka puolella, ettei tahdo päästä liikkumaan, kun magneetit ampuvat koko ajan kiinni laipioihin. Leuan allakaan lamppu ei pysynyt, ja valokeila osoitti väärään suuntaan sivulle. Mutta hetkinen. Miksi turvautua taskulamppuun? Hän oli täällä yksin, ikkunoita keittiössä ei ollut, kukaan ei näkisi, jos hän sytyttäisi valot.

Hän hyppäsi alas työtasolta. Valokatkaisija oli ovenpielessä niin kuin kuuluu ollakin. Pieni epäröinti, ja hän napsautti valot päälle. Katon loisteputkivalaisin vilkkui pari kertaa, kunnes jäi palamaan. Työskentelyolosuhteet olivat nyt täysin tyydyttävät. Takaisin työtasolle ja pussien kimppuun. Nyt, hyvässä valaistuksessa hän huomasi, että yksi pusseista ei näyttänyt samanlaiselta kuin muut. Muut olivat pulleita ja pehmeän näköisiä, mutta yksi oli ruttuinen ja näytti kovalta. Hän unohti järjestyksen ja otti poikkeavan pussin käteensä. Aivan oikein, sen sisällä oli kovaa tavaraa, ei taatusti ainakaan yrttejä tai sieniä. Sydän hypähti ja tanssi hänen rinnassaan muutaman ylimääräisen piruetin. Hänen mielensä teki hyppiä riemusta, mutta keittiön työtasolla se ei ollut oikein soveliasta.

Nyt piti kuitenkin työskennellä ammattilaisen tavoin ja säilyttää maltti. Pitää olla tarkkana, ei saa sortua helppoihin virheisiin. Niinpä hän vielä hypisteli varmuuden vuoksi kaikki pussit läpi. Kyllä, kaikki muut olivat ilmavia ja pehmeitä, tämä oli ainoa, joka sisälsi kovaa tavaraa. Tämä se täytyi olla. Kissamaisella hypyllä hän pudottautui alas työtasolta, siirsi jakkaran takaisin paikoilleen, ja sammutti keittiön valot. Hän painoi korvansa oveen kuunnellakseen mahdollisesti ulkoa kantautuvia ääniä. Mitään ei kuulunut. Se oli hyvä. Pakoreitti oli selvä. Hän raotti ovea saman verran kuin tullessaan ja pujahti raosta selkä edellä ulos.

Takaa kuului rykäisy.

- Ehdit näköjään sittenkin ensin!

22. YRTTEJÄ JA MÄNNÄNRENKAITA

- Älkääpä turhaan sulkeko ovea! Mennään näet siitä porukalla heti takaisin sisään.

Toinen ääni. Ensimmäisen hän tunnisti, eikä se enteillyt hyvää. Tämä toinen ääni oli vieras. Hän kääntyi ympäri. Kapteeni Kammen seurassa seisoi virkapukuinen poliisi, jonka takana luimisteli myös Veli Tulppa. Äkkiä häntä sapetti. Mitä hän olikaan juuri ajatellut helpoista virheistä? Missä kolossa tämä revohka oli väijynyt? Miksi hän ei ollut poistunut etuovesta? Ja miksi ihmeessä kapteeni oli raahannut poliisin mukanaan? Näytti siltä, että onnistuneen yöllisen retken sijasta hän olikin astunut suoraan ansaan.

- No, sisälle nyt vain koko porukka, toisti poliisi ja sai arvovallallaan kaikki tottelemaan.

Yhtäkkiä sisällä keittiössä oli jälleen valot. Siellä myyntitilaan johtavassa oviaukossa seisoivat Pöltsi ja toinen virkapukuinen poliisi.

Polvet tutisivat ripaskaa, kun hän jäi katsomaan kaikkia paikalle tyhjästä ilmaantuneita henkilöitä.

- Saammeko esitellä, sanoi Pöltsi ja nyökkäsi kohti virkapukuista. – Tässä on konstaapeli Mäkäräinen paikallisesta poliisista. Jostakin syystä hän oli juuri tänä yönä kiinnostunut tarkkailemaan tässä keittiössä liikkuvia. Ja konstaapeli Hydsoniin törmäsitkin jo tuossa ulkosalla.

- Ja kenet meillä onkaan kunnia tavata? kysyi konstaapeli Mäkäräinen.

Kurkku tuntui äkkiä kuivalta. Hänen piti nieleskellä pari kertaa, ennen kuin hän kykeni puhumaan.

- Sini Aalto, sanoi Sini Aalto.
- Niinpä minä tietojeni perusteella otaksuinkin, murahti konstaapeli. – Huomaan, että teitä kiinnostavat kovat paketit enemmän kuin pehmeät.
- Niin on ollut jo lapsesta asti, hymähti Sini Aalto. – Kovat paketit ovat jännittävämpiä.

Mäkäräinen piti katseensa nauliutuneena muovipussiin, jota Sini Aalto vaivihkaa varovasti puristeli käsissään.

- Emmekö nyt kaiken tämän vaivan päätteeksi avaisi tämä joululahjan ja katsoisi, mitä se sisältää?

Sini aalto pudotti herpaantuneena pussin pöydälle ja jäi katsomaan sitä kuin odottaen, että se aukeaisi itsestään. Sen jälkeen hän katsoi alta kulmien, jos joku muu avaisi pussin. Kun vapaaehtoista ei ilmoittautunut, Sini Aalto tarttui uudelleen pussiin ja vapisevin sormin näpräsi pussin solmun auki. Hän raotti pussin suuta ja katsoi sisään. Näytti siltä, että hänen toinen suupielensä nousi vahingoniloiseen hymyyn ja toinen taas pettymyksestä alaspäin. Ilmiömäinen vaikutelma näytti Pöltsin mielestä kuuluvan lähinnä mielisairaalaan. Sini Aalto muisti taas hengittämisen jalon taidon ja välttämättömyyden, nosti katseensa kohti konstaapeli Mäkäräistä ja käänsi pussin ylösalaisin. Pussin sisältö purkautui tiskipöydälle. Pöydälle kilisi kasa öljyisiä muttereita, prikkoja ja männänrenkaita. Kaikki paikalla olijat tuijottivat kasaa vaihtelevin ilmein.

- Toisaalta, tuumasi Sini Aalto lopulta. – Joskus pehmeät paketit ovat sittenkin arvokkaampia. Minun kohdalleni ei tälläkään kerralla osunut päävoittoa.
- Päävoittoja ei riitä kaikille, kuului kapteenin möreä ääni ulko-ovelta.
- Päätettiin tulla porukalla hauskanpitoon, sanoi konstaapeli Hydson. – Olipa kiva sattuma, että löysin seuraa tuosta ulkoa, ihan pihapiiristä.

Konstaapeli tuuppi edellään peremmälle kapteeni Kampea, joka epäilyttävästi oli liukumassa takaisin kohti ovea, ja veti samalla perässään vastahakoisen Veli Tulpan.

- Tervetuloa tänne Rasva-Repen pyhättöön. Näyttääkin koko seurakunta saapuneen paikalle, joten ehkä nyt saamme selvyyden tähän vyyhtiin, totesi Mäkäräinen.

Veli Tulppa ei piitannut Mäkäräisen määräilevästä äänensävystä, vaan tuijotti hyllyjään. Hän huomasi heti, että hyllyillä olevia pusseja oli sormeiltu.

- Minä kysyn, hän narisi. – Millä oikeudella ja kuka teistä on tullut sekaantumaan minun sieni- ja yrttikokoelmaani? Ettekö te ymmärrä, ettei noita sieniä ja yrttejä saa puristella? Ne vahingoittuvat, jos ne rusentuvat. Ymmärrättekö? Vahingoittuvat.
- Kukaan ei käpälöi sinun sieniäsi senkin nuija, murahti kapteeni hänelle. – Senkun rauhoitut nyt vaan. Ymmärrätkö? Rauhoitu!
- Rauhallinen minä olen, kirskahti Veli Tulppa. – Mutta minua harmittaa toisten ymmärtämättömyys. Ymmärrr…

- Emme me nyt ole täällä kuitenkaan yrttiymmärrystämme kartuttamassa, keskeytti Mäkäräinen. – Meitä nyt kiinnostaa ensinnäkin se, että kaikki täällä tuntuvat juoksevan mustien muovipussien perässä. Minä oletan, että monikin täällä osaa selittää, mistä sellainen johtuu.

Kukaan ei tuntunut vapaaehtoisesti ryhtyvän selittämään.

- Ehkä minä halusin noutaa nämä Humpukan konehuoneesta viedyt mutterit ja männänrenkaat sinne takaisin? ehdotti Sini Aalto.
- Tiesit kuitenkin, että ne tuotiin tänne? Ja katsoit, että parasta on tulla hakemaan ne yöllä? tiedusteli Mäkäräinen. – Eikö päivällä olisi ollut helpompi tulla? Saapua ihan vaan rehellisesti kysymään?

Sini Aalto huomasi tulleensa tyrmätyksi, eikä halunnut jatkaa.

- Minulla oli ne jo käsissäni, puuskahti kapteeni Kampi. – Ja sitten menin tyrimään ja hukkasin ne taas!
- Mitkä ne? kysyi Mäkäräinen.
- Te edustatte virkavaltaa. Niinpä tiedätte mitä tarkoitan, vastasi kapteeni kuivasti.
- Niin taidamme tietää, sanoi Mäkäräinen. – Olisin tahtonut teidän sanovan sen. Puhumme Pipovaaran kultasepänliikkeen saaliista. Se näyttää olevan kovin haluttu, ja samalla se näyttää olevan kuuma peruna, joka lipeää kaikkien käsistä.
- Saanko arvata? puuttui Pöltsi puheeseen. – Arvaan, että se aarre oli pienen hetken Pultilla kädessä, mutta se vietiin hänen käsistään konehuoneessa.
- Minun oli pakko, vaikeroi kapteeni. – En voinut antaa teidän saada sitä käsiinne.

Pöltsi nyökkäsi. Mäkäräinen vilkaisi häntä, mutta antoi Pöltsin jatkaa.

- Arvasin, että te nappasitte sen pussin Pultin kädestä. Osaatte hiipiä paikalle huomaamatta, ja lisäksi tunnette oman laivanne läpikotaisin. Tiedätte mistä konehuoneen valot sammuvat, ja pimeässäkin osutte oikeaan. Mutta mistä tiesitte, että löysimme sen kätkön juuri silloin?
- Ääh, se oli helppoa, sanoi kapteeni. – Konehuoneessahan on valvontakamerat. Näin sillalta joka hetki, mitä puuhaatte. Otin vähän konetehoja alas ja käskin siltavahdin hetkeksi ruoriin. Sanoin että minun on käytävä alhaalla. Ettekä te osanneet olla lainkaan varuillanne.
- Emme niin, sanoi Pöltsi. – Se oli moka. Luulimme ettei kukaan tule. Luulimme, ettei kumpikaan teistä voi poistua asemapaikaltanne.
- Miehistöön kuuluu kolme henkeä. Kansivahti piti ruoria hetken, murahti kapteeni kuivasti.
- Sitten olimme jo varmoja siitäkin, että aarre – jos tätä siten kutsutaan - on viety pois laivasta, kunnes näytit pussejasi Pultille. Halusit että lopetamme etsimisen.
- Niin totta vie halusinkin, nyökkäsi kapteeni. – Minun oli yritettävä harhauttaa teitä. Huomasin, että Pultti on täällä hakemassa evästä. Jäin odottamaan, että hän tulee ulos, ja suostuttelin hänet kyytiin. Minun piti saada teidät uskomaan, että pussi on minulla eikä laivassa.
- Mutta vaikutus olikin päinvastainen, totesi Pöltsi. – Arvasimmekin sen perusteella, että pussi on yhä hukassa.
- No niin, pussi siis oli hukassa. Sattuukohan kukaan tietämään, missä se aarrepussi tällä hetkellä on? tiedusteli väliin Märäkäinen. – Vai onko nyt käynyt niin, että se oikea pussi on todellakin hukkunut kaikilta?

Keskusteli taukosi. Kaikki katsoivat toisiaan. Kukaan ei tuntunut tietävän. Lopulta tapahtui pientä liikehdintää, ja yksi paikalla olijoista astui askeleen keskemmälle joukkoa.

-      En ole katsonut sen sisään, mutta jos se ei ole kenelläkään muulla, niin luulen, että siinä tapauksessa sen täytyy olla minulla, totesi Pöltsi, ja hivutti hitaasti mustan muovipussin näkyville taskuistaan.

23. MUSTAN PUSSIN AARRE

Kaikki katsoivat nyt Pöltsiin. Kapteeni liikahti hermostuneena häntä kohti, mutta Hydson tarttui häntä lujalla otteella häntä olkapäästä, eikä kapteeni katsonut viisaaksi ryhtyä väkivalloin vastustamaan poliisia.

- Se on siis sinulla. Mistä sinä löysit sen? kapteeni murisi.

Pöltsi mietti kotvan aikaa, kuinka laveasti ryhtyisi asiaa kertomaan, kunnes aloitti.

- No, minä vain päättelin. Laivan salongissa oli samanlainen pussi, jossa oli uusia muttereita. Eilisellä vartiointikierroksellani tutkin, oliko niitä käytetty siellä mihinkään. Nähdäkseni ei ollut. Yhdenkään matkustajan jäljiltä se tuskin oli jäänyt, joten arvelin, että pussi oli hämäystä. Koska hämäykseen on oltava syy, tajusin, että oikea pussi on vieläkin laivassa. Yksinkertaisesti vain ajattelin, mihin paikkaan itse kätkisin aarteen laivassani. Aarteen, joka on jo kerran löytynyt. Paikkaan, josta sitä ei etsittäisi. Paikkaan, mihin kenellä tahansa ei ole pääsyä. Ja kätköön, jonka miettimiseen ei kätkijällä ollut kuin hetki aikaa. No tietenkin samaan paikkaan, jossa se oli alun perinkin. Konehuoneen öljyiseen pilssiin. Sinne tämä oli viety uudelleen, joten poimin sen talteen.
- Vai niin, murisi kapteeni edelleen. – Ja minä kävin siellä aamulla ja luulin myös löytäneeni sen. Annoin sen uudelleen tälle vahapäälle ja käskin piilottaa paremmin. Ja sen jälkeen kuulin, että tämä idiootti laittaa sen grillin keittiön maustehyllyyn.

Veli Tulppa ymmärsi, että puhuttiin hänestä. Hän pyöritteli hetken pöllönsilmiään, kunnes narskui:

- Mutta niinhän minä teinkin. Piilotin sen uudelleen. En minä katsonut mitä sen sisällä on. Ymmärrän, että kaikkien pussien sisältö ei kestä päivänvaloa. Ei pidä levitellä tavaroita päivällä, jos kukaan ei saa niitä vahingossa nähdä.
- Joten laitoit pussin suoraan maustehyllylle! puuskahti kapteeni.
- Ei minulla ole muita paikkoja, valitti Veli Tulppa.
- Aarteen voi siis piilottaa vain yrttien ja sienien sekaan, totesi Pöltsi. – Jonka jälkeen vierailimme Pultin kanssa täällä, ja minä panin sattumoisin merkille, että pusseja on yksi enemmän kuin nimilappuja. Sen jälkeen pieni vihjaus, ja niinpä olemme ylimääräisen pussin houkuttelemina kaikki täällä.
- Otetaanpa siis pussiarvonnan uusinta, sanoi Mäkäräinen. – Jospa katsoisimme voittaako tämä arpa. Voisitko Pöltsi näyttää meille tämän pussin sisällön?

Pöltsi nyökkäsi, avasi pussin solmun, ja nosti muovipussista esille paperipussin. Hän työnsi tiskipöydällä lojuvaa rasvaista mutterikasaa loitommalle ja kaatoi paperipussin sisällön pöydälle. Pussista helisi tiskipöydälle kultasormuksia, timanttikoruja, kalliin näköisiä kelloja ja muita koruja. Konstaapeli Mäkäräinen myhäili tyytyväisen oloisena.

- Muutaman miljoonan arvosta koruja, tuumaili hän. – Arvelisin, että näillä voisi lähes maksaa vaikka sisävesilaivan hinnan.

Kapteeni Kampi suoristi ryhtiään.

- Olen tässä pääsemässä siihen käsitykseen, että minua aiotaan
  syyttää jostakin. Voisin siinä tapauksessa tiedustella, millä
  perusteella?
- Teillä on oikeus perusteluihin, vastasi konstaapeli
  Mäkäräinen. – Poliisikaan ei ole ihan niin neuvoton kuin
  kuvittelette. Öiseen aikaan ei Pipovaaran kokoisessa
  taajamassa ole juurikaan liikennettä. Taajamasta poistuva
  autonne on tallentunut tieliikenteen valvontakameraan. Ja
  kellonaika täsmää kultasepänliikkeen ryöstön kanssa. Näissä
  oloissa ei ole epäilystä, kuka kultasepänliikkeen ryösti,
  etenkin kun saaliskin on tässä.
- Itse asiassa, yritti kapteeni puolustautua. – Saalishan oli
  Pöltsin hallussa.
- No no, röhähti Mäkäräinen. – Nämä nuoret ovat olleet täällä
  vielä koulun kevätjuhlaa odottamassa, kun kultasepänliike
  ryövättiin. Sitä paitsi juuri äsken sanoitte luulleenne
  löytäneenne kallisarvoisen pussinne. Sekin riittää jo
  tunnustukseksi.

Kapteeni huokaisi.

- Taitaa sitten olla niin, että Humpukka Ykkösen risteilyt
  loppuvat alkuunsa. Se vain oli…

Kapteeni Kammen ääni sortui hänen nielaistessaan orastavan
kyyneleen.

- Se vain oli minun suuri unelmani. Pähkähullu ajatus, mutta
  uhrasin paljon aikaa ja vaivaa tutkiessani, missä olisi
  sellainen sisävesireitti, joka voisi olla kannattava, ja jossa ei
  vielä olisi kilpailua. Ja vielä enemmän käytin aikaa ja varoja
  sopivan laivan etsimiseen ja kaikkiin neuvotteluihin ja laivan
  remonttiin, ja sitten loppuivat rahat ja…ja…

- Ehkä asia ei ole noin mustavalkoinen, puuttui puheeseen vuorostaan konstaapeli Hydson. – Kaupunkikin on investoinut satamaan melkoisesti. En usko, että tämän hankkeen annetaan ihan olan kohautuksella valua hiekkaan. Tarvitaan vain uusi kapteeni tuuraamaan teitä joksikin aikaa.
- Tuota noin, heräsi pää painuksissa istunut Sini Aalto. – Minullakin olisi sattumoisin sisävesilaivurin paperit, sellaiset jotka riittäisivät Humpukka Ykköselle. Mutta ei niistä taida tässä olla mitään apua, kun sotkeuduin nyt tähän teidän juttuunne.
- Niin te, korskahti Mäkäräinen napakasti. – Mikä osuus teillä on tähän soppaan?
- Hän ei liity tähän! sanoi kapteeni Kampi yhtä napakasti. – Antakaa Sinin olla.
- No sen verran liityn, että kuulin, kun näistä pusseista puhuttiin laivalla, sanoi Sini Aalto hiljaisella äänellä. – Sanotaan, että tilaisuus tekee varkaan. Päätin tulla ja...
- Ennen kuin jatkatte, keskeytti Mäkäräinen. – Vaikka ajatuksenne oli vakavampi, suostun ajattelemaan niin, että ette varastanut täältä muuta kuin oman pussinne käytettyjä muttereita ja männänrenkaita. Jos Rasva-Repe ei nosta syytettä murrosta, niin emme syytä teitä mistään. Sen sijaan te, herra Tulppa, saatatte olla syyllinen avunantoon saaliin kätkemisessä.

Veli Tulppa räpytti pöllönsilmiään.

- Onko rikollista laittaa pussi muusiin tai hyllylle, jos kaveri pyytää? En edes tiennyt mitä pussissa on.
- No ei oikeastaan, vastasi Mäkäräinen. – Käytinkin sanaa ”saatatte”. Katsotaan näitä lieventäviä asianhaaroja sitten päivänvalossa.
- Ei hänkään ole muuta tehnyt, sanoi kapteeni Kampi. – Hän on vain yrtteihin hurahtanut hölmö, ei yhtään sen enempää.

Minä sen koruputiikin putsasin, ei kukaan muu. Tarvitsin rahaa Humpukan laskuihin. Osa koruista on jo myyty, nämä arvokkaimmat säästin, koska ne saattoivat olla liian kuumia markkinoille. Minä otan syyt niskoilleni, Sini Aalto ja Veli Tulppa ovat syyttömiä koruvarkauteen.

24. PERUNAMUUSIN ARVOITUS

- Tapahtumien kulku näyttää nyt jokseenkin selvältä, totesi konstaapeli Mäkäräinen. – Ja siitä meidän on kiittäminen jälleen etsiväkaverusten hyviä hoksottimia ja päättelykykyä. Ilman Pultin ja Pöltsin apua kuopisimme edelleen lähtökuopissa. Siitä puheen ollen, huomaan, että yksi on joukosta poissa.
- Eikä ole, keskeytti Pultin ääni keittiön puolelta. - Tulen sinne heti kun saan tämän murkinan siirrettyä parempaan talteen.
- Ähä, puuttui kapteeni puheeseen. – Kuka vartioi laivaa? Muistattehan, että meillä on sopimus. Teidän pitää olla siellä vahdissa öisin!
- Pitää paikkansa, myönsi Pöltsi. - Meillä on sopimus, että järjestämme resursseillamme laivan vartioinnin, vähintään yksi henkilö, jos laiva olisi muuten tyhjillään. Rasva-Repe on siellä nyt, hän halusi katsoa paikkoja etukäteen huomista yrttipatatarjoilua silmällä pitäen. Joten se puoli asiasta on kunnossa.
- Joten palataanpa asiaan, sanoi Mäkäräinen. – Me tiedämme tapahtumien kulun ja syyllisen. Tästä eteenpäin asia menee syyttäjäviranomaisille.
- Yksi asia on minulle vieläkin epäselvää, totesi Pöltsi.
- Siis mikä? kysyi Mäkäräinen.
- Minä en voi ymmärtää, mitä järkeä oli myrkyttää perunamuusi. Kuka siitä hyötyi? ihmetteli Pöltsi.

Veli Tulppa oli pitkään ollut hiljaa. Nyt hän kakisteli kurkkuaan hetken ja parahti.

- Se oli ihan pelkästään teidän syytänne! Pultin ja Pöltsin! Teidän juuri!

Kaikkien katseet siirtyivät Veli Tulppaan. Hän hieman hämmentyi äkillisestä huomiosta eikä saanut heti jäsenneltyä ajatuksiaan puhekuntoon.

- Selittäisitkö hieman tarkemmin? tiedusteli Mäkäräinen lopulta.

Veli Tulppa kakisteli taas keräten voimia pidempään puheenvuoroon.

- Siinä kävi niin, hän lopulta jatkoi. – Kapteeni tuli yllättäen pari päivää sitten. Ajoi autollaan oven eteen ja ryntäsi tänne keittiöön lupaa kysymättä. Olin saanut Pipovaaran pöpön kapteenilta ja minulla oli maha sekaisin. Olin juuri vessassa. En ehtinyt pestä käsiäni, kun jouduin kesken pahimman pörinän ryntäämään keittiön puolelle. Kapteeni työnsi tohkeissaan käteeni pussin, käski piilottamaan sen pian, ja poistui yhtä kovalla kiireellä saman tien. Luultavasti se oli juuri tuo sama pussi, en tiedä varmasti, koska en ehtinyt sitä avata. En tiedä. Samalla minä kuulin, että te, Pultti ja Pöltsi ja Rasva-Repe, olitte tulossa tänne keittiöön. Minä seison tässä paniikissa, piilotettava pussi paskaisissa kourissani, enkä keksi mitään hyvää piiloa. Edessäni oli iso padallinen perunamuusia. Hädissäni työnsin pussin sinne perunamuusin joukkoon. Ehdin hätäisesti pestä käteni ennen kuin tulitte ovesta sisään. Ajattelin onkia pussin takaisin heti teidän poistuttuanne, mutta Rasva-Repe ottikin perunamuusipadan ja lähti saman tien viemään sitä laivalle. Minä en ehtinyt tekemään mitään. Enkä myöskään voinut sanoa hänelle asiasta.

Veli Tulppa kuulosti hengästyneeltä pidettyään varmaankin elämänsä pisimmän puheen. Hänen ymmärrystä ja myötätuntoa anovat pöllönsilmänsä siirtyivät kuulijasta toiseen.

- Loksahtelee paikalleen, totesi Pöltsi. – Korupussin ja pesemättömien käsien välityksellä siirtyi vatsatauti Pipovaarasta Rasva-Repen perunamuusiin.
- Tällä tavalla laivalta tuotu kuuma pussi joutuikin vahingossa heti laivalle takaisin, jatkoi Veli Tulppa. - Sain sentään soitettua kapteenille ennen kuin Rasva-Repe olisi ehtinyt kauhoa pussin esille. Kapteeni varmaan kävi kaivamassa sen pois muusista, ja piilotti laivalle konehuoneeseen. Näin siinä kävi. Ymmärrättekö?

Mäkäräinen nyökkäsi ja siirsi huomionsa Veli Tulpasta kapteeni Kampeen.

- Teillä oli aarteenne laivassa kaikessa turvassa, lausui Mäkäräinen. – Mikä sai teidät yhtäkkiä kovalla kiireellä tuomaan sen tänne? Ensin toissapäivänä, ja nyt taas.
- Sain puhelun, vastasi kapteeni. – Se oli viranomaisasia, ja he sanoivat tulevansa tarkastamaan laivani. Pelästyin ja toin helyt tänne. Jälkeenpäin minulle selvisi, että se olikin vain merenkulkutarkastaja, joka halusi nähdä, että pelastusliivejä on laivassa riittävästi.
- Jaaha, ymmärrän, nyökkäsi Mäkäräinen. – Entä tämä toinen kerta?
- Nuo pienet nuuskijat olivat pääsemässä jyvälle. Oli viisainta yrittää saada pussi pois heidän ulottuviltaan.
- Tuon me tulkitsemme kehuiksi, kiitteli Pöltsi.
- Asia on pääpiirteissään näin, totesi myös oviaukkoon ilmestynyt Pultti.

Veli Tulppa rajoitti tutkaimensa suuresta yleisöstä etsiväkaveruksiin.

- Oletko kunnossa? hän kysyi Pultilta.
- Juu, vastasi Pultti. – Olen kai, miten niin?
- Mitä sinä juuri äsken söit? kysyi Veli Tulppa edelleen.
- Tuossa oli tarjolla jotakin epämääräistä murkinaa. Makkaraperunoita se ei ollut, ne minä tunnistaisin sokkonakin, mutta oikein hyvää tämäkin oli. En tiedä mitä se on nimeltään. Maistoin vain vähän. Tai siis, en syönyt ihan kaikkea.

Veli Tulppa katsoi Pulttia kuin lääkäri epidemiapotilasta.

- Hauska kuulla, että se on hyvää, hän sanoi. – Se oli nimittäin koeannos. Kehittelimme eilen Rasva-Repen kanssa laivalla tarjottavaa pataruokaa. Siinä on noita yrttejä ja sieniä, joita eilen keräilin. Meinaan vaan, kun en oikein tiedä ovatko ne sienet kenties kovinkin terveysvaikutteisia. Siis joko terveellisiä vai myrkyllisiä. En ehtinyt vielä tutkia asiaa tarkemmin.

Pultti kalpeni väriasteikolla pari pykälää ja nielaisi.

- Öhh, hän sanoi vatsaansa tunnustellen.

25. LOPUKSI ON ODOTETTAVISSA TULPPAPATA

Pöltsi kieputti köyden irti laiturin pollarista ja hyppäsi se kourassaan partaan yli laivan kannelle.

- Ajatella, että siinä laatikossa oli sittenkin vain pilssipumpun männänrenkaat, mutta kuitenkin juuri se laatikko sai meidät työntämään nokkamme tähän soppaan, hän totesi.
- Niin, nehän siinä oli, vastasi Sini Aalto ylempää ohjaamosta. - Juuri niin kuin minä sanoin. Onko Pultti jo valmis?
- Jep. Peräköysikin on irti ja Pultti on kyydissä.
- Homma on selvä. Nyt sitten vain kierroksia koneeseen ja tuulta päin!

Sini Aalto työnsi konekäskynvälittimen kahvaa eteenpäin, ja potkuri alkoi kiivaammin vispata vettä. Hän pyöritti ruoria tottunein ottein. Tyylikkäästi lipuen Humpukka Ykkönen irtaantui Humpulan laiturista.

Sisällä laivan ruokasalissa Veli Tulppa kattoi ylpeyttä uhkuen päivällispöytää nälkäisille matkustajille. Päivällisen ruokalista oli tietenkin kehitetty yrttipadan ympärille. Taikajuomaa jäljittelevä maaginen yrttien tuoksu leijui jo ruokailijoiden sieraimiin. Humpulan Sanomien ravintolareportteri onnistui vaivoin pysymään aloillaan lähimpänä yrttipataa olevassa pöydässään. Malttamattomana hän lipoi huuliaan ja yritti pidellä makuhermojaan kurissa. Ylistävä gastronominen lehtiartikkeli oli jo tähtiin kirjoitettu.

Aurinko paistoi ja Sini Aalto hymyili kilpaa sen kanssa.

- Hienoa pojat, että saatiin asiat järjestymään, hän hihkui. – Minä saan kipparoida laivaa ainakin tämän kesän, ja teistä saatiin oikein hyvät kansi- ja konemiehet. Nyt kun jo osaatte löytää pilssipumpunkin konehuoneesta.
- Kyllä kapteeni, sanoi Pöltsi ja veti kättä kuvitteelliseen lippaan. – Päästiin sittenkin tänä kesänä oikeisiin hommiin!
- Ja mikä myös on jollain tavalla hienoa, jatkoi Sini Aalto, - on se, että kapteeni Kampikin voi suorittaa osan tuomiostaan yhdyskuntapalveluna vankilan muurien ulkopuolella. Vaikkakin seurantapanta nilkassaan.
- Ilman muuta, yhtyi Pöltsi mielipiteeseen. – Hänestä kehittyy taatusti oikein hyvä oman laivansa yövartija!
- Asia on pääpiirteissään näin, myötäili Pultti.

Sini Aalto otti kurssin kohti hopeisena kimaltavaa järven selkää.

- Minä aavistin heti alussa, että jotakin täällä laivalla on vialla, vaikka en osannut hahmottaa mitä se oli. Siksi taisin olla teillekin vähän töykeä, hän jatkoi. – Ilmapiiri oli jotenkin ahdistava ja tyly. Mutta nyt minusta tuntuu oikein hyvältä, eikä se johdu pelkästään tästä väliaikaisesta kipparin vakanssista. Kiitos teille pojat, että laitoitte asiat kuntoon!

Etsiväkaverukset vilkaisivat hämillään toisiinsa. Ylitsevuotava kiitollisuus oli hämmentävää, ja suhtautumista siihen piti hetki sulatella. Hetken jälkeen molemmat katsoivat Sini Aaltoon.

- Kiitos vaan, aloitti Pöltsi. – Onhan se nyt toisaalta niinkin, että…
- … menestys ei meitä masenna! lopetti Pultti.